梁占先 著

华南理工大学出版社
SOUTH CHINA UNIVERSITY OF TECHNOLOGY PRESS
·广州·

图书在版编目（CIP）数据

龙山逸咏/梁占先著. —广州：华南理工大学出版社，2023.3
ISBN 978-7-5623-7297-4

Ⅰ.①龙… Ⅱ.①梁… Ⅲ.①诗集–中国–当代 Ⅳ.①I 227

中国国家版本馆CIP数据核字（2023）第034985号

Longshan Yi Yong

龙山逸咏

梁占先　著

出 版 人：柯　宁
出版发行：华南理工大学出版社
　　　　　（广州五山华南理工大学17号楼，邮编510640）
　　　　　http://hg.cb.scut.edu.cn　E-mail: scutc13@scut.edu.cn
　　　　　营销部电话：020-87113487　87111048（传真）
策划编辑：吴兆强
责任编辑：吴兆强
责任校对：盛美珍
印 刷 者：广州小明数码快印有限公司
开　　本：787mm×1092mm　1/16　印张：9.25　字数：110千
版　　次：2023年3月第1版　印次：2023年3月第1次印刷
定　　价：38.00元

版权所有　盗版必究　　印装差错　负责调换

自　序

　　我平时写点诗词，算是对退休后生活内容单调的补充。他人或琴棋书画全开，或歌舞游乐并进，我除了看看书，下下棋，散散步，别无长技所好，唯余乐此不疲。

　　上中学时期，我对唐诗宋词情有独钟，慢吟细品，曾一度自定计划，每周背三首，但仅止于此，动笔尝试的念头不曾有过。一是积累太浅，力不能逮；二是对毛主席说的"这种体裁束缚思想，又不易学""不宜在青年中提倡"深以为然，因此就立足一个"读"字。

　　待执鞭走上讲台后，出于教学所需，奉王力讲稿为宗，初通格律。为巩固认知，还有少许创作，但不持久。因为感觉生途大计在时文，不想将有限的精力耗费在此。甚而，还暗暗立誓，不到退休不习诗词，以为那是清闲者的专利，于我还不够格。

　　2009年赋闲之后，经过几年的适应性过渡，创作诗词之事转变为正事，不然，大把的时光难以驱遣。我于2011年开始着笔，前三四年步趋古韵。大约从2015年起，停古韵用新声。习作自定为月课两题，日积月累，十年间竟也涂抹出数百首。2014年我出文札自选集《驿路拾零》选用了20首，余则经过筛选，集成这本小册子《龙山逸咏》（龙山，我工作的学校和寓所所依托的风水宝地也）。

诗词的编排，以创作时间先后为序。同题组诗，如"秋韵"等，顾及完整性，时序例外，但类例不多。诗词后附有《微生点击》，是我退休前人生轨迹的摘要，算是个倒叙性质的跋。

限于游历、视野和水平，这本小集子难登大雅之堂，权作清茶一杯，佐阅者纾困解乏，予愿足矣。

梁占先
2022 年 8 月 20 日

目 录 contents

二月初十见雨雪	1
过景阳冈	1
浪淘沙·喜迎癸巳	1
玉楼春·年内再见雪	1
醉花阴·辞巳迎午	2
南迁点画三绝	2
汉口登临放目	3
武汉大学看樱花	3
登黄鹤楼	3
满庭芳·厦门行吟	4
丽江束河古镇写意	4
避暑散步得韵	5
扬州慢·大理行	5
游丽江黑龙潭	5
玉蝴蝶·咏丽江古城	6
重阳节前接学院离退休处电话	6
卜算子·庆双节应邀幼儿园看演出	6
诉衷情·深秋与友人通话后	7
如梦令·闰九月有感	7
浣溪沙（二则）·"小雪"后看幼儿运动会	7
冬日携孙珠江边放风筝	8
周末驱车佛冈温泉游	8
寄春竹君	8
卜算子·与春竹君登白云山	9
谢池春·广州南沙湿地公园观后	9

目 录 contents

满江红·五月二日阖家出游白云山 …………… 10
五月二十七日与张君鹏杨君春竹羊城小逛 …… 10
西江月·一中漫语 …………………………… 10
端阳感怀 ……………………………………… 11
明湖湿地公园又至 …………………………… 11
织金双堰塘新姿咏 …………………………… 11
观九月三日天安门大阅兵(中国抗战胜利暨世界反法
　西斯胜利70周年纪念日) …………………… 12
卜算子·八月十五午后漫步德湖 …………… 12
凤池园行吟 …………………………………… 12
虞美人·重阳节戏作 ………………………… 13
羊城霜降闲话 ………………………………… 13
黄花岗祭 ……………………………………… 13
念奴娇·登广州电视塔 ……………………… 14
洪秀全故居观后（三则） …………………… 14
蝶恋花·小雪节游云台公园 ………………… 15
对文竹语 ……………………………………… 15
破阵子·黄埔军校旧址巡记 ………………… 15
海珠湖赞 ……………………………………… 16
定风波·登番禺莲花山 ……………………… 16
闻林织、织纳、织毕铁路月内通车 ………… 16
咏芈月（电视剧《芈月传》看后） ………… 17
临江仙·游广州旧八景之一——陈家祠 …… 17
浪淘沙·送羊迎猴述怀 ……………………… 17
临江仙·岁末看幼儿"美育"广州总校春晚 … 18

目录 contents

丙申年初一羊城街头漫步	18
海珠湿地公园浏览	18
水调歌头·看电视剧《女医明妃传》	19
岭南雨后吟	19
题陈侃君网传校园照	20
致严、王二老师	20
登越秀公园镇海楼	20
流连哈尔滨文庙	21
松花江太阳岛行吟	21
诉衷情·羊城又度端阳	22
赞彭大将军	22
凉都三千佳丽走虹桥写意	23
江城子·凉都瑶池吟	23
退休族看奥运比赛屏前写生	23
女排里约夺冠有感	24
晴日赏龙池	24
丙申秋又临德湖	24
猴年中秋晚餐戏句	25
一剪梅·写在秋分	25
卜算子·说凉都	25
江城子·步韵答吉辉	26
游花城广场	26
破阵子·国家公祭日祭	26
临江仙·高乐堡幼儿园运动会	27

目录 contents

贤后赞三首 ·· 27
    卜算子·卫子夫赞 ······································ 27
    卜算子·长孙皇后赞 ···································· 27
    卜算子·马皇后秀英赞 ·································· 28

说嬴政 ·· 28
秦殇问罪 ·· 28
卜算子·二世胡亥叹 ·· 29
卜算子·惜项羽 ·· 29
卜算子·说刘邦 ·· 29
浪淘沙·吕雉前后照写意 ······································ 30
相见欢·除夕 ·· 30
蝶恋花·韩信祭 ·· 30
蝶恋花·说萧何 ·· 31
蝶恋花·张良赞 ·· 31
临江仙·写中华诗词大会第二季 ································ 31
中华诗词大会点画三绝 ·· 32
岭南说春 ·· 32
南乡子·夜临珠江轮渡码头 ···································· 33
深圳中国民俗文化村速览 ······································ 33
蝶恋花·悼亡兄 ·· 33
诉衷情·贺文远兄八十大寿 ···································· 34
七律 ·· 34
临江仙·凉都白鹤公园一览 ···································· 34
鹊桥仙·丁酉谷雨日三顾凉都明湖湿地公园 ······················ 35

目录 contents

临江仙·漫步治理后水城河畔	35
临江仙·丁酉立夏日纳凉即事	35
虞美人·移居城郊临窗见灿然杜鹃	36
七律·与四届部分同学小聚感怀	36
蝶恋花·酬肖君永峰约聚毕节、水城二师专好友	36
卜算子·裁得明湖初夏烟雨小景	37
卜算子·夏至校园一角题咏	37
卜算子·忽然想起香港回归	37
江城子·写在建军90周年	37
岭南说白露	38
一剪梅	38
临江仙·过双节	38
鹧鸪天·为部分初中同学重阳节故乡聚会写意	39
念奴娇·游宝墨园	39
摊破浣溪沙·岭南印象园巡览	40
鹧鸪天·黄埔天鹿湖森林公园冬游	40
西江月·番禺海鸥岛印象	40
定风波·增城白水寨瀑布观登	41
黄花岗公园第三届文化节临菊颂英烈	41
临江仙·番禺余荫山房览后	41
卜算子·笺李煜	42
卜算子·解读冯延巳	42
立春偶得	42
惊蛰随笔	43
春分絮语	43

目录 contents

清明写生二首	43
临江仙·谷雨敬雨	44
立夏小咏	44
立夏后偶得	45
四月朔日与春竹君访小洲古村	45
小满即景	45
摊破浣溪沙·写在芒种日	46
戊戌端阳参观梁启超故居	46
夏日小景点画二题	46
卜算子·小暑小咏	47
大暑大写	47
水墨写意同学会	47
卜算子·咏盘州哒啦仙谷	48
临江仙·放讴盘州乌蒙大草原	48
立秋惊语二绝	48
七夕吟	49
清平乐·明湖畔辞处暑	49
摊破浣溪沙·秋日偕友饮茗湖畔	49
白露日园林吟	49
蝶恋花·应彭杰君相邀与04级本科同学过教师节	50
摊破浣溪沙·与和为一家乘坐梅花山索道	50
减字木兰花·应学静邀与03级本科同学聚会吟	50
摊破浣溪沙·中秋月夜（写在秋分日、中秋节联袂时日）	51
卜算子·寒露即事	51

目录 contents

临湛江军港观后 …………………………… 51
湛江湖光岩览胜 …………………………… 52
南乡子·霜降两地书 ……………………… 52
采桑子·戊戌立冬写意 …………………… 52
小雪节点画二题 …………………………… 53
七律·写在戊戌大雪节 …………………… 53
国家公祭日咏 ……………………………… 53
蝶恋花 ……………………………………… 54
小寒 ………………………………………… 54
珠江畔星海音乐厅听"玲珑艺术合唱团"演出 … 54
鹧鸪天·戊戌大寒节 ……………………… 55
观松偶志 …………………………………… 55
咏梅 ………………………………………… 55
除夕立春（戊戌本命，岁末交春，草成一绝）… 56
步韵和母进炎《七律》 …………………… 56
七律·"雨水"逢元宵 …………………… 57
卜算子·读曹操 …………………………… 57
卜算子·挽周瑜 …………………………… 57
卜算子·悼孔明 …………………………… 58
读王文星诗词集《绿叶留韵》得藏头律 ……… 58

咏竹小令组曲七阕 ……………………… 58
    忆江南·爱竹吟 ………………………… 58
    忆江南·怜翠筱 ………………………… 59
    忆江南·竹根颂 ………………………… 59

目录 contents

  忆江南·赞成竹 …………………………… 59
  忆江南·绿化竹 …………………………… 59
  忆江南·村野竹 …………………………… 60
  忆江南·观竹海 …………………………… 60

读史偶得 …………………………………… 60
  曹魏故事 ………………………………… 60
  八王乱晋 ………………………………… 60
  北魏孝文帝 ……………………………… 61
  侯景乱梁 ………………………………… 61

读隋唐史点滴 ……………………………… 61
  隋亡叹 …………………………………… 61
  杨广与李世民 …………………………… 62
  卜算子·魏徵赞 ………………………… 62
  卜算子·字如其人颜真卿 ……………… 62

读史说演义十八绝 ………………………… 63
  一、"貂蝉"并非人名 ………………… 63
  二、关于捉放曹 ………………………… 63
  三、吕布能否战三英 …………………… 64
  四、过五关斩六将 ……………………… 64
  五、刘冠张戴 …………………………… 64
  六、是徐晃诛文丑 ……………………… 65
  七、火烧新野与孔明无关 ……………… 65

目录 contents

八、张昭不迂腐 …………………………………… 65
九、"三顾"细节随君写 …………………………… 66
十、欲秀孔明写借箭 ……………………………… 66
十一、神化诸葛借东风 …………………………… 66
十二、三气周瑜无其实 …………………………… 67
十三、单刀岂可赴会 ……………………………… 67
十四、添枝加叶甚可观 …………………………… 68
十五、屈煞魏延 …………………………………… 68
十六、节外生枝空城计 …………………………… 68
十七、关于八阵图 ………………………………… 69
十八、丕、植兄弟与甄氏 ………………………… 69

卜算子·文武令才说杜预 …………………………… 70
卜算子·媚态欺世司马懿 …………………………… 70
学院龙山校区观景台送目二绝 …………………… 70
路见无名花迸石盛开 ……………………………… 71
题路畔盆景一枝独放 ……………………………… 71
题岩上树 …………………………………………… 72
龙山道上漫步 ……………………………………… 72
凉都凤池园与定云小叙吟留别 …………………… 72
清平乐·三顾明湖 ………………………………… 72
七律·应陈学静、赵兴祥二君相邀与03级本科部分
　同学临节小聚咏 ………………………………… 73
水调歌头·中华人民共和国成立七十周年写意 … 73
羊城立冬前三日即景 ……………………………… 73

目录 contents

"小雪"微吟 …………………………………… 74

读史偶识二十绝 …………………………… 74

咏树上花簕杜鹃 …………………………… 82
晴日溪边行 ………………………………… 83
题织金宝桢阁网传照 ……………………… 83
饮奕戏谑 …………………………………… 84
戏为"辘轳体"——"梅绽枝头喜报春"迎鼠年 84

抗击新冠病毒组诗（词）八首 …………… 85
  其一：武汉疫情感赋 ………………… 85
  其二：看援鄂车队视频命笔 ………… 85
  其三：唐多令·说疫 ………………… 86
  其四：点绛唇·阳台小驻 …………… 86
  其五：唐多令·有感于武汉方舱医院关舱 … 86
  其六：西江月·看援鄂医疗队凯旋 … 86
  其七：卜算子·庚子大疫祭 ………… 87

咏笋竹 ……………………………………… 87
蝶恋花·端阳祭 …………………………… 88
日课沏茶戏作 ……………………………… 88
闲诌古风十余韵 …………………………… 88
郊居闲咏 …………………………………… 89

10

目录 contents

寄语梅花山 …………………………………… 90

秋韵十一绝 …………………………………… 90
 一、明湖静伫 ………………………………… 90
 二、龙山麓微吟 ……………………………… 90
 三、林道偶遇 ………………………………… 91
 四、白日梦语 ………………………………… 91
 五、郊湖拾趣 ………………………………… 91
 六、林溪漫步 ………………………………… 91
 七、街沿小花 ………………………………… 92
 八、青山一叹 ………………………………… 92
 九、竹趣 ……………………………………… 92
 十、雾笼黔山 ………………………………… 92
 十一、阴雨乍晴 ……………………………… 93

冬令八绝（阕） ……………………………… 93
 一、弥雾似纱 ………………………………… 93
 二、乍感清寒 ………………………………… 93
 三、十月阳春 ………………………………… 94
 四、好个晴天 ………………………………… 94
 五、孟冬截图 ………………………………… 94
 六、天雨湿雪 ………………………………… 94
 七、居岭南看故乡冰雪景 …………………… 95
 八、唐多令·岁末即事 ……………………… 95

目录 contents

咏分别28年师生宅会（古休） ············ 95
木兰花·辛丑立春 ······················ 96
临江仙·游南沙天后宫 ·················· 96
为66届初高中同学分别近60年聚会作 ······ 97
一剪梅·咏老同学聚会 ·················· 97
题宅放君子兰 ························ 97
清明后坟祭 ·························· 98
说陈李 ······························ 98
双星咏 ······························ 98
明湖路边写山茶 ······················ 99

无题诗八首 ························ 99

微生点击 ·························· 102
    稚萌趣事 ························ 102
    一中漫语 ························ 106
    蹉跎岁月 ························ 111
    流沧河畔 ························ 115

龙山絮语 ·························· 122
    吉祥龙山 ························ 122
    我与搭档 ························ 123
    校领导们 ························ 125
    小照随想 ························ 128
    龙山情怀 ························ 129

二月初十见雨雪

（2011年3月6日）

春催卉树吐新芽，樱杏争先喜着花。
逗趣天公扬柳絮，翩跹起舞进人家。

过景阳冈

（2011年3月9日）

名著研究访景阳，小丘草树亦寻常。
凭依行者英雄气，一路攀升变典藏！

浪淘沙·喜迎癸巳

（2013年2月9日）

天运度龙蛇，物换星移，祥云舒卷引麟麒。夤夜彩灯明宇汉，巳岁来仪。　　喜对笑门楣，和乐灯旗，炎黄族裔庆斯时。华夏复兴今在望，万众欣怡。

玉楼春·年内再见雪

（2013年12月5日）

飞扬一夜风纠结，望内浑然铺地雪。晓来丽日普天辉，如洗市街超爽洁。　　数九寒冬门苦闭，出户无由滋喜悦。今朝道巷且悠游，忘却事多和琐屑。

醉花阴·辞巳迎午

（2014年1月26日）

笔走龙蛇即就马，祥瑞临华夏。福字衬春联，万象更新，处处歌风雅。　举家除夕轻樽把，爆竹燃放，年钟守候，欢乐炉旁灯下。稚孙作揖手如掬，钱压岁，红包递吧！

南迁点画三绝

（2014年2月21日）

（一）

途次都匀指粤行，剑江沉碧四山青。
梓乡风物频供眼，百子桥头别样情。

（二）

南宁名气日腾蒸，惠自邕江妩媚生。
旧市新区兼素艳，海湾开放一明灯。

（三）

方王北上登尊位，端砚增辉肇庆名。
秀美镜湖添靓丽，徽宗荣耀未全身！

（注：宋徽宗赵佶即位前封端州，方王，指一方之王，赵佶也。他登基后，改赐端州为"肇庆"，意为"开始带来喜庆"。）

汉口登临放目

（2014年4月9日）

登临放目楚天高，水面开阔起微涛。
三五风筝云际舞，结群闲士画中操。
公园嘉树玲珑绿，江路驱车迤逦猫。
两岸参差楼竞秀，凌空桥架似横篙。

武汉大学看樱花

（2014年4月13日）

闻道樱花将谢去，疾奔"武大"赶花期。
游人如织熙熙至，花簇感知款款垂。
楼现琉璃林掩翳，花开灿烂鸟亲昵。
美园胜画英才聚，风格雍容古典姿。

登黄鹤楼

（2014年4月14日）

有幸黄鹤再度游，逞能直上最高楼。
眼中三镇呈图册，足下双流泛画舟。
龟蛇锁江成往事，隧桥结网褪田畴。
崔李诗话彰名胜，斯时烟波可释愁。

（注：崔李诗话，崔颢登临写了《黄鹤楼》："昔人已乘黄鹤去，此地空余黄鹤楼。黄鹤一去不复返，白云千载空悠悠。晴川历历汉阳树，芳草

萋萋鹦鹉洲。日暮乡关何处是,烟波江上使人愁。"李白来到黄鹤楼,想题诗,见崔诗后大为感慨,写道:"眼前有景道不得,崔颢题诗在上头。"有自愧不如之感,于是罢笔。其实,李白心有不甘,他仿崔诗还是写了两首诗,一为《登金陵凤凰台》:"凤凰台上凤凰游,凤去楼空江自流。吴宫花草埋幽径,晋代衣冠成古丘。三山半落青天外,二水中分白鹭洲。总为浮云能蔽日,长安不见使人愁。"另一首是《鹦鹉洲》:"鹦鹉来过吴江水,江上洲传鹦鹉名。鹦鹉西飞陇山去,芳草之树何青青。烟开兰叶香风暖,岸夹桃花锦浪生。迁客此时徒极目,长洲孤月向谁明。"虽是仿诗,却风格逼肖,工力悉敌。)

满庭芳·厦门行吟

(2014年4月16日)

环海名城,护山临水,自矜祖籍中华。望洋驰目,前哨在南沙。手挽明珠"鼓浪",入眼者,列屿浮艖。金门岛,台澎马祖,同系俺一家。　　堪嗟:清晚季,泱泱大夏,祖上分瓜。逼迫开商埠,国是难划。万幸春雷破雾,睡狮醒,喜见红霞。一声吼,邪恶是惩,公义布天涯。

丽江束河古镇写意

(2014年7月25日)

方圆里许束河镇,木屋飞甍古典风。
商铺琳琅星罗店,寓庭别致袖珍宫。
街边渠淌悠悠碧,檐下灯悬串串红。
水畔柳荫闲品饮,留连忘返客心同。

避暑散步得韵

（2014年8月6日）

林翳清溪缓缓流，月光筛影境深幽。
游人探胜添新照，藏鸟窥情告好逑。
仰望晴空驰渺想，时闻轻曲佐茗酬。
榭亭石径徜徉久，每对明渠旧忆浮。

扬州慢·大理行

（2014年8月9日）

　　大理风情，南诏遗韵，心仪我诣观光。见苍山岚蔚，尽灵秀悠藏。抱怀也，汤汤洱海，胸襟坦荡，浩气银妆。绾皇城楼塔，名胜播誉流芳。　　古都佳地，向频传儿女情长。访蝴蝶清泉，竹篁幽里，细品花香。毕竟代易朝异，催新纪，处处昌祥。羡沧桑天纵，竞书白族华章。

游丽江黑龙潭

（2014年8月13日）

溪源漫溯浓荫径，闻瀑登临见丽容。
玉水纵横千尺许，龙潭倒影十三峰。
亭楼典雅明清韵，花树繁荣雨露功。
精致廊桥添意趣，游人疑在画中逢。

玉蝴蝶·咏丽江古城

（2014年8月17日）

古色古香城域，石街深巷，历史容妆。垂柳水车，阅尽夏长冬藏，翘檐屋，栉比参差；渠街乐，宛转悠扬。便交通，小桥流水，蛛绺八方。　　吉祥，浩劫波涌，经灾逆难，竟免创伤！感戴天恩，佑纳西瑞永福长。喜观景，明清韵在；静听水，唐宋风昌。国康强，官民同乐，兰桂齐芳。

重阳节前接学院离退休处电话

（2014年9月28日）

重阳又至我居南，单位通知约座谈。
一阵春温心上涌，若干故事品中甘。
神驰乡土闻泥味，望越关山见嶂岚。
筹划明年回梓里，呼朋唤友醉凡三。

卜算子·庆双节应邀幼儿园看演出

（2014年10月5日）

国庆又重阳，群幼齐歌舞。稚嫩声姿透底真，烂漫一园圃。　　祖姥鬓凝霜，心热犹当午。孙辈登台我赏观，好个天伦谱。

诉衷情·深秋与友人通话后

（2014年10月21日）

凉都传讯已围炉，南国若秋初。休闲短打依旧，暑困喜方纾。　曾算计，卸肩年，乃悠如。而今足意，老幼扶携，乐且忙乎！

如梦令·闰九月有感

（2014年11月3日）

闰月罕逢秋九，岁内两春稀有。幸遇好年头，莫负此生福佑。斟酒，斟酒，祝庆民康物阜。

浣溪沙（二则）·"小雪"后看幼儿运动会

（2014年11月22日）

（一）

"小雪"迎来朗朗天，幼儿运动喜空前。不争名次舞翩跹。
拙稚练操忒可爱，纯真表演倍新鲜。众亲观看透心怜。

（二）

司幕歌声起管弦，人流车阵或方圆。各班节目竞嫣妍。
亲子娱情频互动，师生联袂更投缘，龙狮翻舞热潮掀。

冬日携孙珠江边放风筝

（2014年12月21日）

穗市城区延展快，"海心沙"①处起高标。
楼群错落昭新异，花圃排场蕴富饶。
脱俗景观灵性水，超凡姿色"小蛮腰"②。
江滨携幼风筝戏，心际名都分外娇。

（注：①"海心沙"为珠江中小岛洲，第十六届亚运会开、闭幕式场馆，跨岛洲与珠江北岸而建，颇为壮观。②"小蛮腰"是2009年建成的，广州新电视塔别称，塔身主体高450米，天线桅杆高150米，总高度600米，为自立式电视塔世界第一高度，也是广州新地标。

周末驱车佛冈温泉游

（2015年1月18日）

环抱小丘林木覆，温泉罗布露天池。
"牡丹""玫瑰"随心处，童稚成人快意时。
游乐园歌调节曲，棋牌室赋运筹诗。
农居馆墅供食住，百里驱车似野炊。

寄春竹君

（2015年2月17日）

羡君敢闯勤开拓，笑我安居老卷伏。

同在羊城常问访，菊黄酒暖话薪刍。

（注：①菊黄，梅香也。②余曾执教于毕节师专，1990级学生杨春竹、张家俊夫妇，毕业后在家乡织金教书两三年，后南下广州求发展。现已立足，自成体系招生教写作。一日来访，违面二十一年矣，俟后得此诗。）

卜算子·与春竹君登白云山

（2015年3月27日）

葱郁白云山，闹市清幽处。烟雨迷蒙率性游，眼底飘轻絮。

导引有"春花"，胜境先凭据。说道登临思绪通，下笔犹神助！

（注：春花，春竹君微信名。）

谢池春·广州南沙湿地公园观后

（2015年4月9日）

风和日丽，一览南沙湿地。鹭翩飞，莲花妩媚；网般河汊，荡蒹葭沉醉；树名红，却浓浓翠！　　苍苍林莽，计亩数千酣睡。海天合，洋香入鼻。恢宏景象，想文丞如至，对零丁，热英雄泪。

（注：南沙湿地公园，地处珠江入海口，当年围海造田得其基础，海面即古之零丁洋。）

满江红·五月二日阖家出游白云山

（2015年5月7日）

初夏晴和，举家去，白云山麓。抬望眼，天工翡翠，撩人高鹜。水月阁边舟楫荡，明珠楼处苍林覆。四顾也，一片绿玲珑，钟灵毓。　车道上，人相续；幽径里，衷情逐。但欢愉无我，访园临竹。牛背牧笛山野韵，目中善果心田福。祖而孙，三辈乐逍遥，渊明谷。

（注：渊明谷，非实名，言世外桃源也。）

五月二十七日与张君鹏杨君春竹羊城小逛

（2015年5月28日）

学友参观达穗市，春竹闻讯喜当东。
五羊雕像说今古，沙面小区谈外中。
折柳廿年聊巨细，接车时刻叹穷通。
二君偕我无拘语，入夜杯勺品粤风。

西江月·一中漫语

（2015年6月12日）

后枕丘山苍翠，前瞻垄亩青黄。花香鸟语伴书郎，一校春光荡漾。　弹指韶华飞逝，岂销怀旧肝肠？命途顺畅或沧桑，都靠源泉滋养！

端阳感怀

（2015年6月28日）

屈子精神昭日月，人生进取范型多。
独撑不移持一志，九死存常蹈险波。
爱国及君从未悔，好修犹癖近乎苛。
效忠无计奔突苦，都郢蒙尘赴汨罗。

明湖湿地公园又至

（2015年7月20日）

公园初建曾寻韵，转眼三年景蔚然。
高木成林齐拥翠，秀湖有翳略生寒。
品茗水榭风清爽，假寐石几意静安。
懒目漫观鸥起落，最怜霞晚照轻纨。

织金双堰塘新姿咏

（2015年8月28日）

双塘玉镜道中裁，环水雕栏次第排。
楼宇参差书古典，亭园错落引裙钗。
红灯点缀彰吉庆，绿柳轻扬吻面腮。
闺秀鱼山窥腼腆，后陈螺髻对妆台。

（注：道中裁，指车道将塘分为两半；后陈螺髻，指鱼山后面一排青山。）

观九月三日天安门大阅兵（中国抗战胜利暨世界反法西斯胜利70周年纪念日）

（2015年9月3日）

寇降烟净七十载，今日登台大阅兵。
扬显军威申志气，展观国力固长城。
广迎宾客彰公义，卓立中华舞纛缨。
世乱当招孙大圣，只缘魔怪大器鸣。

卜算子·八月十五午后漫步德湖

（2015年9月27日）

微雾步德湖，水静山岚绕。犹似相约表惑疑：向晚冰轮杳。
亭榭若沉思，园树薄烟袅。自古盈亏但看缘，钓者心明了！

凤池园行吟

（2015年9月29日）

凉都福地六盘水，闹市中央嵌凤池。
周际胜观当代体，此间风物古时诗。
台亭映水葱茏景，桥径连环潋滟姿。
雅韵明珠恒耀眼，徘徊忘返我尤痴。

虞美人·重阳节戏作

（2015年10月25日）

寓居穗市相知少，人海犹孤岛。擦肩接踵步匆匆，我若悠游观景踽行中。　　忙闲估算约参半，节历无心看。忽传短信问寒凉，老脸镜窥何处不重阳。

羊城霜降闲话

（2015年11月5日）

霜降晴明不见霜，夏服初卸换秋妆。
耄耋应历衣着体，青少循习肚纳凉。
绿树未凋还吐翠，珠江常满任流觞。
北国已冷时兼雪，侪辈驱蚊话故乡。

黄花岗祭

（2015年11月9日）

广州起义叹国殇，历史烽烟岂或忘。
青简册中言淡淡，黄花岗上树苍苍。
七十二烈英名在，百有四年风气凉。
我谒贤陵多自省，尚余几寸热肝肠？

（注：1911年至2015年，百有四年。）

念奴娇·登广州电视塔

（2015年11月12日）

立冬是日，广州塔，我等升临驰目。凌宇百层天近眼，俯瞰如鹏瞻陆。楼厦成蛙，车流似蚁，江水堪濯足。繁荣都市，铺张精美华服。　　无愧冠国高标，破空而立，百米还翻六。天轮观光高里许，凭御虚风仙福。妙曼身姿，"蛮腰"谐喻，倾倒周遭物。羊城八景，排名尊位谁逐？

洪秀全故居观后（三则）

（2015年11月18日）

一

太平举义惊青史，半壁河山卷阵云。
定鼎未安忙内乱，生灵无数变冤魂。

二

闯王殷鉴未曾远，取舍缘何不认真？
建制宪纲维其表，固国根本在得人！

三

古来尊贵重勘舆，迷信权福地下存。
洪氏故居今看过，等闲凡俗小乡村。

蝶恋花·小雪节游云台公园

（2015年11月24日）

"小雪"游园花烂漫，仍感春温，一路韶光伴。水碧山青尤耐看，寻芳何处人相唤？　　异域风情添璀璨，姊妹名都赠物均堪赞。随兴逗孙发喟叹，北南节气分开算。

（注：异域，主要指意大利；姊妹名都，全球与广州结为姊妹城市的有十五个，有赠物布列"谊园"。）

对文竹语

（2015年11月27日）

身姿纤细诚文弱，生命需求自不多。
但给一丝攀系物，凌空照样舞婆娑。

破阵子·黄埔军校旧址巡记

（2015年12月3日）

总理运筹建校，男儿踊跃从军。一代将星光史鉴，不世雄杰铸战魂，功镌黄埔村。　　国共袍泽合作，地天坦荡温存。无奈人情多冷暖，遑论歧途分进屯，业勋凭耨耘！

海珠湖赞

（2015年12月21日）

横纵通衢迴护里，人工建造海珠湖。
青葱游道浓荫蔽，妍丽彩花香气凫。
傍岸星棋列秀岛，映天山水现鸥雏。
分洪观赏兼相利，"待月桥"头赞美图。

定风波·登番禺莲花山

（2015年12月25日）

天气晴和景物嘉，欲知悟性上"莲花"。翡翠覆丘灵宝地，石昪。观音驻立泛光华。　信女善男虔忏祷，祈好。放生池畔绽佛葩。禅寺焚香发隐愿，除患。愚心歆动饮斋茶。

闻林织、织纳、织毕铁路月内通车

（2016年1月8日）

网络传讯欣喜事，家乡铁路纵兼横。
闭塞缘此成追忆，贫困无由拟再生。
敢问亲朋心可沸，当知游子意长萦。
望中一派繁荣景，酌酒称觞且寄情。

（注：林，清镇林歹；织，织金；纳，纳雍；毕，毕节。）

龙山逸咏

咏芈月
（电视剧《芈月传》看后）

（2016年1月16日）

生在皇家因母贱，宫帏迫害屡罹劫。
志情纠并君王助，凡慧判明梁栋协。
卓智张苏直谅友，强敌齐楚臆胸鳖。
天托大任筹一统，抱愧平生系子歇。

（注：君王，为秦惠文王和义渠王；张苏，为张仪和苏秦；子歇，为楚春申君黄歇。）

临江仙·游广州旧八景之一——陈家祠

（2016年1月17日）

陈家书院寻文化，岭南独特遗风。五间三进袖珍宫，长廊敞巷四维通。　脊宇楣槛墀头饰，塑、雕、彩绘精工。人神花鸟并鱼虫，图说史故越时空。

浪淘沙·送羊迎猴述怀

（2016年1月23日）

申未汇于斯，在下七十。从心所欲岂疑迟？世事云烟如戏看，算长知识。　家务或闲息，涂抹诗词。光阴休教软抛掷。游乐读书询友旧，率性如痴。

临江仙·岁末看幼儿"美育"广州总校春晚

（2016年2月2日）

羊驰猴乐迎新岁，幼儿"美育"联欢。台风稚趣近天然，巡游四季似流潺。　阖家助阵当观众，但因孙女登坛。见其司鼓不一般，心中热气尽驱寒。

（注：巡游句，指节目演绎了春夏秋冬情景。）

丙申年初一羊城街头漫步

（2016年2月21日）

马龙车水四方通，元日千街万巷空。
私铺十室唯九闭，路人百米仅一逢。
小区盆景陈花果，单位楹联颂雅风。
我念忽然飞故里，剪裁年味异和同。

海珠湿地公园浏览

（2016年3月8日）

海珠湿地[①]千公顷，曲水盘桓舢类艭。
花木广罗接粤气，鸟鱼群聚乐天堂。
羊城环保绿心嵌，游客休闲酷暑凉。
联袂"白云"[②]双氧库，南都庇佑大珠江[③]。

（注：①海珠湿地公园被誉为广州"绿心"。②白云山与海珠湿地公园一起，构成广州主城区两大生态屏障。③珠江是养育和庇护广州的母亲江。）

水调歌头·看电视剧《女医明妃传》

（2016年3月15日）

电视明妃传，今古教科书。医家杭氏孙女，志作杏林徒。不但仁心天纵，更记祖兄冤雪，忍对教条诛。良善清纯者，殃害命相逐。　　男妒术，女嫉容，世趋俗。三君邂逅，情感纠绕祸兮福？历"土木"①"夺门"②变，遭后宫朝堂谤，生死几相续？一部人生戏，喟叹数称觚！

（注：①"土木"，即土木之变，指发生于1449年明英宗朱祁镇北征瓦剌的惨败故事，英宗被俘于土木堡。②"夺门"，即夺门之变。土木之变后，明廷以于谦为首的朝臣拥立监国的皇弟朱祁钰称帝。1450年英宗被放回，1457年，徐有贞、曹吉祥、石亨等发动夺门之变，英宗复辟。）

岭南①雨后吟

（2016年3月28日）

岭南二月雨纷纷，旬日不开恼烦人。
灰雾迷蒙湿气重，涵虚混沌絮云沉。
防潮屋内门窗闭，禁履②胸中怅惘扪。
久盼春阳忽耀眼，喜出放步忘时辰。

（注：①岭南，指横亘于江西、湖南、两广之间的大庾岭、骑田岭、都庞岭、萌渚岭、越城岭等五岭之南，现提及岭南，特指广东、广西、海南、香港、澳门。②禁履，时下住家进门、出门都换鞋，因雨不能外出，我称禁履。）

题陈侃君网传校园照

（2016年3月30日）

校景网传春季照，水光山色倍含情。
千花固丽蜂蝶引，万树新绿燕莺鸣。
学子徜徉文苑画，市民游览自然屏。
院园兼济相彰事，直教丹青费点睛。

（注：六盘水市建明湖湿地公园，与六盘水师范学院融为一体，相得益彰，处处美景，使丹青好手难定何处最佳。）

致严、王二老师

（2016年4月7日）

微生欠幸终归幸，两入门墙喜事师。
既长知识增智慧，更方文化秉廉直。
世风浮躁苍松功，物欲横流野鹤痴。
圭臬长标焉敢怠？还期能有面聆时。

（注：有一种见解说文化即人化。做人而像人的程度就区别出文化的高低，故做人即显文化。）

登越秀公园镇海楼

（2016年4月22日）

遣兴登临镇海楼，汪洋寥廓眼中收。
或聆明季樯帆动，抑叹晚清风雨愁。

喜看当前熙乐景，偶浮日后久安猷。
多情堪笑稀龄客，芥草何怀万岁忧。

流连哈尔滨文庙

（2016年5月23日）

幸临哈埠瞻文庙，柏翠松苍郁郁乎。
圣殿辉煌昭地位，牌楼庄重映扶疏。
礼门义路家规矩，智水仁山古画图。
各论自高炫至理，余观治世竟尊儒。

松花江太阳岛行吟

（2016年5月30日）

"松花江上"曲，儿时和声唱。虽无切肤痛，
哽咽数回肠。斯耻存胸臆，铭心敢令亡？
历史风云变，世事历沧桑。华夏正崛起，
日益臻富强。经济频增长，协力奔小康。
今来哈都会，感慨走邻乡。高天格外亮，
江水浩且汤。广袤黑土地，富饶米粮仓。
登上太阳岛，娱乐并观光。市民休闲所，
树浓花草香。林下铺餐饮，和乐伴鸟翔。
徜徉有幽径，遐想任舒张。"园中园"里逛，
俄式风物窗。若遇有出演，雅观俄剧场。

或游极地馆，惊叹物命昌。终年零度下，
鲸豹聚一堂。亦有炎夏乐，哈啤解暑凉。
有屋如别墅，醉饮任佯狂。意趣消散者，
徘徊无定方。"抗联"马队过，讴诗咏"同裳"。
浏览日西斜，步回轮渡舱。孙幼喜奇险，
索道飘过江。南来七千里，一睹兴未央。
挥手从此去，再访计从长。

（注：太阳岛公园内有抗日联军马队塑像，马队塑像栩栩如生。）

诉衷情·羊城又度端阳

（2016年6月12日）

穗居三载又端阳，望外是珠江，龙舟竞赛争渡，老眼却迷茫。　驰意绪，越重冈，诣沅湘。叩询屈子，宵小猖披，咋立朝堂？

赞彭大将军

（2016年7月14日）

将军举义起平江，审势挥师上井冈。
战阵纷纭必履险，危局汹涌总挑梁。
延安保卫真神算，倭寇击杀大内行。
抗美却强惊世界，横刀立马武中王！

凉都三千佳丽走虹桥写意

（2016年7月31日）

明湖景胜瑞云开，佳丽三千款款来。
凌水虹桥辉异彩，惊天姝阵喜幽怀。
繁花羞愧身觉矮，大众猎奇道致塞。
伞下旗袍频耀眼，"吉斯"录纪美裙钗。

江城子·凉都瑶池吟

（2016年8月2日）

树围山护碧渊潭，境幽然，好参禅。除却喧嚣，打坐对山岚。近市幸得频小隐，仙故地，耐盘桓。　　周末开放任游玩，绕池观，任凭栏。远眺天鹅，耳畔鸟声欢。贪享森林清爽浴，终竟日，兴犹酣！

退休族看奥运比赛屏前写生

（2016年8月17日）

里约升起五环旗，旬日荧屏候信息。
时见夺金频鼓劲，偶逢遗憾且唏嘘。
举凡精彩都激赞，即使滑稽也解颐。
总盼国歌能奏响，不临午夜不关机。

女排里约夺冠有感

（2016年8月21日）

曾成霸业铸辉煌，女队精神四海扬。
一度更新遭顿挫，几经磨砺炼刚强。
潜心韬晦识敌我，奋力拼搏论短长。
可圈可点郎教练，巾帼引领又高翔！

晴日赏龙池

（2016年8月26日）

一坝蓄得甘露水，几丝云絮映龙池。
环山秀美群林绿，小景清幽闲士识。
安椅随心参钓趣，品茗漫话赏鸥姿。
傍临墅馆风情雅，结缔城乡自是诗。

丙申秋又临德湖

（2016年9月8日）

别后经年今再访，秀姿依旧或更新。
环湖石路光秋色，碍景颓屋并墅村。
水静带羞犹处子，鹤翔时滞似知音。
葱茏林树苍然寂，风雨桥头细品吟。

猴年中秋晚餐戏句

（2016年9月15日）

七十初度过中秋，心静如渊百事丢。
自饮自斟频把盏，或说或笑间摇头。
用羹咂口聊咸淡，着箸凝眸辨硬柔。
饭饱酒足留句话，多吃蔬菜少吃肉。

一剪梅·写在秋分

（2016年9月26日）

凝目南天逐雁音，云拢遮阳，风动袭身。望中半树染金黄，数定荣枯，一任秋分。　　无奈晨昏凉意侵，难理衣衫，几许挠心。只因年岁畏差池，减了豪情，添了温吞。

卜算子·说凉都

（2016年9月28日）

远客赴凉都，为避三伏暑。四处高温预警传，这里十九度！
游览六湖池，度假养生谷。风味民族大自然，更比神仙酷。

（注："九""养"失律，但因"十九度"是宣传品牌；"养生谷"是专用名词，难以因律害意，姑任由之。）

江城子·步韵答吉辉

（2016年11月20日）

本科相聚自属缘，已中年，梦才圆。劫后逢春，纾困喜空前。都系考核精选者，不用问，世途艰。　　见识投契友谊联，任商参，任川黔。别后天涯，过往驻心间。君子交情如淡酒，无烈劲，总回甜。

（附邹吉辉《江城子·忆昔寄奉梁兄》："专科升本乃奇缘，大学园，共窗帘。南北东西，欢聚贵溪前。闹市其中一小院，虽破败，志云天。　　河滨幽径话昔年，昼农田，夜书简。而立之期，旧梦始得圆。深究苦研勤作业，宁静处，自然宽。"）

游花城广场

（2016年12月5日）

如画如诗一里半，缤纷炫目市中央。
危楼疏朗和谐矗，古木葱茏自在藏。
曲水浅宽鱼戏乐，景观错落客徜徉。
馨香浮动留新影，游览休闲似梦乡。

破阵子·国家公祭日祭

（2016年12月13日）

烽火八年苦难，腥风血雨神州。舍死忘生驱日寇，共负家国存灭忧，勒石书罪仇。　　落后必罹屈辱，自强方系良谋。理性总结思教训，明智实筹卫冕旒，积威令战休。

临江仙·高乐堡幼儿园运动会

（2016年12月21日）

节属大雪却秋意，幼儿运动开场。小花稚树喜洋洋，欢腾热气透红裳。

外教舞蹈添欧味，师生亲子同堂。参加游戏便优良，果蔬奖品用篮装。

贤后赞三首

卜算子·卫子夫赞

（2017年1月1日）

无愧汉贤妃，助帝开疆土。虽未亲躬上战场，内举功垂古。
甥舅霍随青，屡叫匈奴怵。不负闱亲卫子夫，勋业竹帛著。

卜算子·长孙皇后赞

（2017年1月1日）

贤孝释父疑，智证建成罪。良佐嘉闱伴太宗，龙凤风云会。
君误善匡扶，诤谏私圜卫。后世立则效母仪，谥号"文德"配。

卜算子·马皇后秀英赞

（2017年1月1日）

身世起凡微，大脚随征战。入主宫闱尚俭朴，干政彰从善。
洪武弑元勋，理事偏局限。幸后施威内治勤，稍减家国难。

说嬴政

（2017年1月6日）

六合横扫夸强力，治政苛严不爱书。
利器尽销防楚户，长城高垒拒匈奴。
独尊既定焚私撰，仙寿难求坑术徒。
一统史功虽旷世，民生涂炭罪何赎？

（注：《史记·儒林列传》："焚私书，坑术士。"焚者，民间之私存诗书，官藏书仍在；坑者，术士——信奉神仙之道的法术之士，与儒士有交叉，并非单纯的儒士。"焚书坑儒"之说，起于后世，读史者当自行解析。）

秦殇问罪

（2017年1月7日）

秦厦訇摧谁负罪，始皇父子并斯高。
屡兴土木天元堕，惨戮僚臣国本摇。
"仓鼠"[①]恋权盟宦佞，寺人挟主网贼蟊。

龙山逸咏

恶疾接踵膏肓病，直教凤凰成鸱枭②！

（注：①李斯有"仓鼠论"哲学思想。②《荀子·赋》："天下幽险，恐失世英，螭龙为蝘蜓，鸱枭为凤凰。"）

卜算子·二世胡亥叹

（2017年1月9日）

　　禀赋本庸材，宠养一纨绔。矫诏堂皇履至尊，本事惟杀戮。听信李斯言，采取督责术，逼罢臣危竟自危，奸宦为刀俎！

（注：督责术，凡有错乱，追责臣属；人人自危，天下怨怒；索罪李斯，腰斩弃市；变乱蜂起，赵高弑亥）。

卜算子·惜项羽

（2017年1月18日）

　　本色大英雄，坦荡鸿门宴。神勇分封乱世王，惜只昙花现。权弄欠心胸，儿女情还恋。刚愎乏谋少拱星，命定乌江怨！

卜算子·说刘邦

（2017年1月18日）

　　文莫论出谋，武莫言征战。临险惟闻"奈此何"，左右拿决断。

　　演戏是专家，痞样偏经看。但有罗才驭将能，天命终归汉。

浪淘沙·吕雉前后照写意

（2017年1月23日）

相面信玄机，委命为妻。持家颠沛总随趋，乱世同肩风并雨，共被休戚！　　失宠性情移，权位着迷。翦除勋旧胜狻猊，"人彘"刖炮惊视听，毒狠出奇！

相见欢·除夕

（2017年1月27日）

除夕宴饯金猴，慢觥筹。鲜果丽花残盏，对银钩。福字笑，幼孙俏，绕膝头。礼过红包出手，乐悠悠！

蝶恋花·韩信祭

（2017年1月30日）

早岁蒙羞能忍辱，项羽营中，不屑持戟伍。投向沛公身手露，埋伏十面歌亡楚。　　烹狗藏弓君诡术，自傲功高，不宵奔绝路。又患得失缺气度，聪明反被聪明误！

蝶恋花·说萧何

（2017年1月30日）

动乱临头逼造反，文士基因，甘作刘邦伴。举荐韩信昭慧眼，萧规曹继彰才干。　　定鼎勋臣危难现，立命安身，不告淮阴险。成败一何留世叹，是非毁誉难评断！

蝶恋花·张良赞

（2017年1月30日）

博浪击椎藏大器，足智多谋，一肚锦囊计。刘季帐中摇扇羽，千难万险轻舟济。　　名就功成不自喜，涌退急流，何处归完璧？国恨家仇成旧曲，淡出寻个安宁地。

临江仙·写中华诗词大会第二季

（2017年2月5日）

新春度假家中乐，诗词大会连播。唐风宋韵竞吟哦，百人雅座喜拼搏。　　少年青壮古稀叟，群英荟萃切磋。趣题争胜费裁夺，输赢讵计彩齐喝！

中华诗词大会点画三绝

（2017年2月7日）

一

诗词记诵精英聚，央视大厅烂漫春。
才女主持风水起，嘉宾评点指迷津。

二

百人团座古编钟，律动瞬穿时与空。
优胜降临同闯擂，飞花答抢争头功。

三

精致典雅一盛会，神清气爽好风姿。
坦然面对胜和负，抚慰心灵总是诗。

岭南说春

（2017年3月2日）

南国四季绿盈枝，拂面东风未易识。
昼困始觉节令改，燕来方悟斗星移。
先知暖水鸭欢叫，初剪细叶莺早啼。
带雨杏花深巷卖，欣然确定卸冬衣。

南乡子·夜临珠江轮渡码头

（2017年3月15日）

  暮霭罩珠江，璀璨霓虹幻异光。楼宇周遭灯夜放，奇妆，烁彩"蛮腰"冠众芳。 临此若仙乡，巡礼游轮碧落航。云汉鹊桥今坦荡，沧桑，织女牛郎别感伤！

深圳中国民俗文化村速览

（2017年3月21日）

  数顷微缩千万里，民俗文化竞风情。
  清真寺眺渊岩瀑，风雨桥谐水榭亭。
  傣藏鎏金佛净地，满蒙飙马祖图腾。
  石林流韵阿诗玛，族自描龙各点睛。

蝶恋花·悼亡兄

（2017年4月5日）

  盈眼繁花纯缟素，燃盏七星，哀乐探冥路。心语祭灵香九炷，阴阳隔断归何处？ 漫侃杯茗频触目，悌义临笺，对纸无从诉。泪浸数干难下笔，唯祈佛祖天堂度！

诉衷情·贺文远兄八十大寿

（2017年4月9日）

耋龄寿庆喜盈堂，兰秀自留芳。高朋胜友幸会，杯盏颂无疆！身劲健，鬓微霜，享福康。谨呈衷曲：恒乐开颜，鹤算称觞！

七律

（2017年4月10日）

尊兄朝杖正从容，堪羡南山不老松。
驿路克勤申"四美"，杏坛从业蕴"三风"。
阳春白雪抒怀抱，雅景清茗结友朋。
健体益心歌共舞，期颐谈笑可躬逢！

（注：四美，指音乐、饮食、文章、语言；三风，指德、仁、信。）

临江仙·凉都白鹤公园一览

（2017年4月15日）

环绕危楼犹俯视，袖珍白鹤公园。凌空桥架道车悬，臂弧若奋翼，其志在云天。　地处闹中游者众，景清树绿花妍。闲观男女舞翩跹，凉亭琴韵袅，林翳雀争喧。

（注：林中有自然之鸟，更有玩雀爱好者笼斗之鸟。）

鹊桥仙·丁酉谷雨日三顾凉都明湖湿地公园

（2017年4月20日）

波怀洲岛，岛盈新绿，绿把明湖回护。虹桥凌水秀龙姿，时惊起，翩然鸥鹭。　　游人遣兴，兴从心悟，悟透春光长驻。渠临问柳又寻花，但入定，蒹葭情愫。

临江仙·漫步治理后水城河畔

（2017年4月26日）

屏气掩鼻昔日景，如今清澈澄明。绿苔石附藻轻萦，园林偕岸柳，小径似绸绫。　　寻趣曲廊姑漫步，闲观雏燕穿行，紧贴水面恋鱼情。我何生异想：莲化舞娉婷！

临江仙·丁酉立夏日纳凉即事

（2017年5月5日）

静坐浓荫纾热困，寻尺视外骋阳。蓝天隙望絮云长，啭鸣萦耳畔，直是隐山乡。　　惊见当空浮半月，出林斜倚修篁。乔枝低树竞春妆；丹青难画处，暗渡有芬芳。

虞美人·移居城郊临窗见灿然杜鹃

（2017年5月26日）

桃夭梨雪都辞谢，才把东风借。无须绿叶衬葱茏，一任轰轰烈烈晒娇红。　　移居闹外图苍翠，好枕龙山寐。临窗无意见芳姿，自忖灵犀通处有新词。

（注：龙山，居所背靠迤逦青山，名龙山。）

七律·与四届部分同学小聚感怀

（2017年6月2日）

圆桌围坐尚吉祥，小聚师生话短长。
旧事谈来嚼有味，趣闻说起笑无妨。
真情荡漾杯中酒，厚意萦回手把觞。
桃李春风留影醉，世间三乐我分尝。

（注：三乐，《孟子·尽心》："君子有三乐，而王天下不与存焉。父母俱存，兄弟无故，一乐也；仰不愧于天，俯不怍于人，二乐也；得天下英才而教育之，三乐也。"）

蝶恋花·酬肖君永峰约聚毕节、水城二师专好友

（2017年6月20日）

毕节水城师共友，聚会温馨，情热金樽酒。八九中青偕两叟，说今叙旧难分手。　　感慨此生缘分厚，我赴凉都，约讯时常有。诚谢肖君能舞袖，绾来草海黉门柳！

卜算子·裁得明湖初夏烟雨小景

（2017年6月21日）

轻雾笼一泓，妆待闺窗主。半露螺髻隐丽容，惆怅春归处。
拾趣客徜徉，疑入叔原赋。梦里从伊幻亦真，只把相思诉。

（注：叔原赋，北宋晏几道词，以写情梦见长。）

卜算子·夏至校园一角题咏

（2017年6月26日）

苍翠护环中，溪畔藏鸥鹭。雅韵关雎纸上吟，怕把韶光负。
春去柳花飞，夏至新荷舞。惜爱华年用好功，明日长天霱！

卜算子·忽然想起香港回归

（2017年7月14日）

裂土百年归，两制谋安定。风雨同舟共把持，携手期昌盛。
屈指二十秋，家院奚圈境？体让殖民谬论传，公正唯天命！

江城子·写在建军90周年

（2017年8月3日）

文明久远本辉煌，汉相戕，满封疆。积弱积贫，挨打系家常。吃尽苦头方醒悟，军尚武，保家邦。　　而今圆梦冀国昌，陆应强，海须防。天有雄鹰，本志战沙场。我不犯人何惧犯，磨好剑，试锋芒！

（注：汉相戕，指明代；满封疆，指清代。）

岭南说白露

（2017年9月9日）

白露节临说白露，岭南秋虎尚余威。
纱窗常闭防蚊咬，短打仍著引风吹。
讯告乡关初唤冷，实证粤地老居绥。
午来一阵如筛雨，湿了衣衫喜上眉。

一剪梅

（2017年9月12日）

命数相邀桃李园，黉宇执鞭，一往无前。此心相许耻旁出，检点春秋，卅有八年。　　从未张扬师道严，受业求知，天赋人权。教书惟尚尽职责，结了情缘，赢了悠闲。

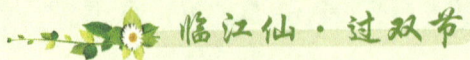

临江仙·过双节

（2017年10月4日）

国庆中秋联袂至，河山万里生辉。旅游潮动季风吹，团圆随处是，云涌话腾飞。　　景秀花妍昭世界，兆民欣喜舒眉。百年苦尽九肠回，惜珍开泰日，昌盛好干杯！

鹧鸪天·为部分初中同学重阳节故乡聚会写意

（2017年10月16日）

拾掇从前窗友情，古稀人聚故乡行。互夸不老青春在，自谑忽焉沟壑横。　　聊旧事，叙家庭，饮食游乐喜盈盈。或歌或舞频拍照，显摆该当秀晚晴！

念奴娇·游宝墨园

（2017年11月16日）

岭南名苑，宝墨园①，仿古明珠璀璨。碧水清波桥共榭，霓彩烟云奇幻。治本堂②正，龙图气肃，翠木彰风范。牌坊楼宇，回廊环护堪看。　　景自悦目舒心，更须去处，古藏艺文馆。玉器青铜谐字画，绎衍炎华册纂。汉瓦秦砖，先哲儒圣，入眼襟胸展。浮雕长壁③，折服游众惊叹！

（注：①宝墨园，清末民国初是包相府，祀奉包拯的地方。②治本堂，原为包公厅，包拯《题训斋壁》诗有"清心为治本"句，意指清廉是治国的根本。后将包公厅辟为文物藏展馆，更名治本堂。③浮雕长壁：园内有瓷塑浮雕"清明上河图"，列入世界吉尼斯之最；有巨幅砖雕"吐艳和鸣壁"，工艺精湛。二壁是园内工艺精品，也是很富特色的景观。）

摊破浣溪沙·岭南印象园巡览

（2017年11月23日）

历史风情旧式房，石街窄巷古祠堂，店铺琳琅门面小，老文章。独到习俗勤探问，尘封故事细端详。霍氏祖居桑梓地，话题长。

（注：霍氏，霍英东家族。）

鹧鸪天·黄埔天鹿湖森林公园冬游

（2017年12月1日）

林木森森覆絮岚，节虽小雪喜登山。城区远眺逐烟现，湖水低临对镜看。　　疏灯扮，任天然，置身方外耐盘桓。透心浓碧留人醉，冬氧入胸胜坐禅。

西江月·番禺海鸥岛印象

（2017年12月2日）

北望"莲花"①苍翠，南临"狮子"②汪洋。水围"种养"③四村庄，一派熙和景象。　　海岸踏车拾趣，草坪铺盏称觞。采风购物或寻芳，自乐神怡心旷。

（注：①莲花，指莲花山，上立观音巨型金身。②狮子，指狮子洋，珠江入海口外海域。③种养，指种植业、养殖业。）

定风波·增城白水寨瀑布观瀑

（2017年12月4日）

寨上风光别样奇，山巅排闼飞流激。瀑落三迭三百米，悬壁，仙姑幻化运神力①。　欲上山腰观近景，攀磴，天梯缘涧万来级②。跌宕腾挪溪咏唱，心爽，不辞劳倦任崎岖。

（注：①传说增城是八仙之一何仙姑故里，白水寨瀑布为其所化。②登山木梯9999级，号称天南第一梯）。

黄花岗公园第三届文化节临菊颂英烈

（2017年12月8日）

越年偕友曾瞻仰，文化节临我又来。
古柏荫中温史故，霜杰韵里遣幽怀。
为纾国难宁先死，休教民生继后灾。
救世精神传大夏，令人倾慕久徘徊。

（注：霜杰，菊也。陶渊明《芳菊开林耀》有句"怀此贞秀姿，卓为霜下杰"。）

临江仙·番禺余荫山房①览后

（2017年12月11日）

父子"同光"②三中举，羊城好善邬家。余荫园建世争夸，区区三亩地，宅院小奇葩！　楼馆亭轩桥与榭，山石碧水幽嘉；遮拦藏露类呼答。缩龙方丈里，精巧誉南华。

（注：①余荫山房，广州四大名园之一，以精巧为特色。②同光，清同治、光绪年间。）

卜算子·笺李煜

（2018年1月17日）

赤子性天然，偏落皇家苑。不是丹墀复楚囚，难越花间限。
一旦自由失，惆怅难收捡。春水一江肺腑吟，词帝横空现。

卜算子·解读冯延巳

（2018年1月28日）

举世赋脂香，君亦歌嫣姹。富贵还将怅惆生，欲罢难能罢。
风格殿花间，堂庑尤特大。消解词坛艳媚情，忧患融骚雅。

（注：堂庑特大，王国维评冯延巳词："不失五代风格，而堂庑特大。"）

立春偶得

（2018年2月7日）

花市梅开岂涉寒，和风款款叩华南。
草生入目鸣禽变，问讯飞传越梓山。

惊蛰随笔

（2018年3月5日）

雷动讯惊蛰，天音启困拙。
兆民勤料理，万类细吟哦。
虫豸筹申志，鸟禽思奋翩。
余斟新煮酒，点算几蹉跎？

春分絮语

（2018年3月21日）

节届三春正两分，新花轻柳竞纷纭。
呢喃燕子筑新巢，荏苒光阴叩户沉。
都市寻芳尤写意，山村拾趣倍温馨。
天若欲雨雷阳并，昼夜时长寰宇均。

清明写生二首

（2018年4月5日）

一

景自清明气象新，山花烂漫竞芳芬。
踏青郊野行人乐，问路歧途老叟亲。

陌上探春着意看，垄头插柳会心吟。
几家植树呼童稚，憩望风筝或入神。

二

一年一度阴阳祭，花果青幡墓地呈。
礼敬祖宗识统绪，缅怀亲故寄伦情。
感恩自是题中义，舍本无疑化外氓。
守定良知持正气，举头莫愧对神灵。

临江仙·谷雨敬雨

（2018年4月21日）

　　细雨如丝轻点点，顿觉绿意凭添。小区入目尽新缣，拔节竹步韵，兰绽似悠闲。　　感念润滋情切切，子规声里临轩。三杯清友礼长天，庶民钟造化，千古仰坤乾。

　　（注：清友，指茶。姚合《品茗诗》有句"竹裹延清友，迎风坐夕阳"。）

立夏小咏

（2018年5月5日）

午来小困身飘缈，携友忽临野老家。
喜伴蛙声说易耨，热风拂架戏王瓜。

立夏后偶得

（2018年5月7日）

莺啼声寓留春意，迎面风传槐序音。
著上轻装人自喜，残红蝶恋却痴心。

（注：槐序，夏天别称。明·杨慎《艺林伐山·槐序》："槐序，指夏日也。"）

四月朔日与春竹君访小洲古村

（2018年5月19日）

蜗居时久知身困，胜日小洲访古村。
窄巷石街凭考史，祠堂佛庙任钩沉。
码头古渡沧桑在，旧址华屋革鼎分。
问径寻踪随处转，乡风野趣养精神。

小满即景

（2018年5月21日）

冬种嘉谷欲灌浆，喜沾雨露济青黄。
望中水满田畴景，苦荞采来闻野香。

摊破浣溪沙·写在芒种日

（2018年6月6日）

入夏农家稼穑忙，收割肥洒又插秧。节令催人不觉累，盼时长。　　晨起炊兴呼子弟，暮归牛困憩池塘。劳作整天思早睡，梦弥香。

戊戌端阳参观梁启超故居

（2018年6月19日）

江门新会度端阳，敬谒卓如纪念堂。
学富五车谋救溺，才高八斗议图强。
业绩垂世民心记，著作等身国馆藏。
识贯中西一巨擘，受人景仰类沅湘。

（注：梁启超，字卓如，号任公，广东省江门市新会区茶坑村人。）

夏日小景点画二题

（2018年6月21日）

一

沐浴阳光庭院立，似觉形影短些微。
谑称近炼缩身术，众笑蝉声乱眼眉。

二

阳气盛极阴自生，盘桓林翳辨蝉鸣。
卓识商贾撑宽伞，阵雨袭来看远晴。

卜算子·小暑小咏

（2018年6月23日）

梅雨既消停，地热蒸初暑。小别羊城返故园，续谱凉都赋。
旅次寝龙山，月淡风清处。静对闲云慕野鹤，否泰即参悟。

大暑大写

（2018年7月8日）

溽热时节尤闷倦，日光似火致眩晕。
林中解困嫌风小，湖畔纳凉企水深。
大雨或临无意避，秋葭有梦只心吟。
草萤入夜山村闪，最苦农家耐暑温。

水墨写意同学会

（2018年7月24日）

屈指同窗将五纪，相邀七月水城游。
湖光着意添容色，岚霭开怀示邃幽。
漫舞焕发童稚趣，清歌圈点古稀喉。
身为东道勤筹划，唯愿凉都四美留。

（注：四美：指良辰、美景、赏心、乐事。）

卜算子·咏盘州哒啦仙谷

（2018年7月28日）

丘翠挽一泓，别墅星罗布。彩幻薰衣顷亩连，留影神仙妒。高处凭兜风，曲径姑闲步。湖畔石坪好可心，乐动轻歌舞！

临江仙·放讴盘州乌蒙大草原

（2018年7月31日）

本是北国独特景，缘何旅次滇黔？叠峰险壑草绵延。莫非秦辇误，错用赶山鞭！　　临此磅礴方外地，我邀穹壤寒暄。乾坤浩渺寸心间；常来舒肺胆，可以乐天年。

（注：传说山东半岛是秦始皇赶山鞭移山填海而成。）

立秋惊语二绝

（2018年8月7日）

一

有道辞伏炎虎在，乍阴白雾笼秋池。
才惊风撼梧桐叶，又恐寒蝉夜雨时。

二

避暑才说招远客，忽阴忽雨竟萧辰。
农收正望金阳晒，喝令虎君驱霾云！

七夕吟

（2018年8月16日）

人间俗异迎兰夜，何汉鹊灵搭喜桥。
不怨经年成寄望，冰心一片寄良宵。

（注：农历七月古称兰月，故七夕又称兰夜。）

清平乐·明湖畔辞处暑

（2018年8月23日）

余炎谢处，亭水寻鸥鹭。触目萦怀秋声赋，独立虹桥惆顾。
此来算献薄芹，何期雾笼胸襟。忽望东坡葱郁，启发一片佛心。

摊破浣溪沙·秋日偕友饮茗湖畔

（2018年9月3日）

湖静微澜好个秋，虹桥人杳自清幽。凫水俦禽舒颈语，韵长留。 榭上品茗说往故，心中回味忆绸缪。感慨人生惜聚散，笑含忧。

白露日园林吟

（2018年9月8日）

荻老荷残兀自凉，晓来万象似经霜。
耳聪最怕蝉声紧，目健尤惜雁阵长。

秋令偏心林染色，物情随意桂流香。
余将择日追玄鸟，此境留连准钱觞。

蝶恋花·应彭杰君相邀与04级本科同学过教师节

（2018年9月19日）

学院园林花共树，任我师生，指点当年路。湖畔留连惜旧物，用心取影供回顾。　小聚杯酌言肺腑，十度秋风，尤喜情如故。姐妹弟兄春长驻，世间最贵精神富！

摊破浣溪沙·与和为一家乘坐梅花山索道

（2018年9月21日）

天马一行望外空，泥丸低卧是乌蒙。极目万端供调遣，好威风。　视触凉都知小大，思接庄叟话鲲鹏。我等今朝谁可拟，列仙翁！

减字木兰花·应学静邀与03级本科同学聚会吟

（2018年9月22日）

诚邀聚会，酒不醉人人自醉。漫话当年，历历窗情浮眼前。频祝康健，句句温馨心底愿。渭树江云，纵是师生一样吟。

（注："渭树江云"，见杜甫《春日忆李白》诗句："渭北春天树，江东日暮云。何时一樽酒，相与细论文。"）

摊破浣溪沙·中秋月夜
（写在秋分日、中秋节联袂时日）

（2018年9月23日）

寥廓一空净宇尘，众仙踪隐待琼轮。桂子馨飘弥下界，正秋分。　泉洌松间鸥漫步，枫红叶际鸟栖荫。几处氤氲浮供案，愿香焚！

（注：琼轮，月也。）

卜算子·寒露即事

（2018年10月8日）

中秋觉秋凉，寒热侵为露。晓后急切往探菊，珠粒晶莹附。呼友径登高，直指梧黄墅。选处东篱效醉春，不计霓虹暮。

临湛江军港观后

（2018年10月16日）

海岸休闲望浩汤，舰只出进乃寻常。
"驱逐"沉稳雍容态，"登陆"练达朴素妆。
一派和谐凭后盾，几番颠沛记强梁。
我临军港欣然叹：最怕人生不汉唐！

湛江湖光岩览胜

（2018年10月18日）

莫名亿兆几何年，喷涌火山生巨渊。
新诞清波没底碧，环积翠阜醉人妍。
氧质卓异分轩轾，水位恒一任冷炎。
息养旅游佳丽处，地球科考大观园。

（注：湖光岩是火山爆发后所形成的自生湖，又称玛珥湖。全世界的玛珥湖只有两个，一个是湖光岩，另一个在德国。这种湖被联合国地质专家称为研究地球与地质科学的"天然年鉴"，足见其所具有的独特价值。同时，它又是供人们游览的风景胜地。）

南乡子·霜降两地书

（2018年10月22日）

送目驻黔州，水敛山矜正晚秋。疏木难留枝上叶，休休，今遇新霜我也愁。　　时下邸南州，短袖仍著爽兴游。或见归鸿书汉字，悠悠，万树苍苍翘翠头。

采桑子·戊戌立冬写意

（2018年11月7日）

风侵残剩身微颤，既喜清霜，又怯清霜。但羡黄花逆冷香。
回头经理冬藏事，检点书房，解构书房，好据蜗居沐慧光。

小雪节点画二题

（2018年11月22日）

一

曾记山村寻野趣，初冬越陌绕竹林。
老翁檐下编鸡舍，一任冷花飘入门。

二

暗云低压风侵冷，捂手耸肩闲逛街。
小雪不期纷乱下，寻章觅韵费裁决。

七律·写在戊戌大雪节

（2018年12月7日）

寒盛六出中庭降，晓来数寸压枝柯。
松虽劲健难持重，竹本婀娜显笨拙。
轻煖娇姿频摄影，肥甘择座漫观摩。
瑞祥呈罢毋庸再，怜取低端有瑟缩。

国家公祭日咏

（2018年12月13日）

越王故事须长记，社稷安危大过天。
亡我寇雠心不死，凭君慧眼辨忠奸。

蝶恋花

（2018年12月22日）

冬至阴极初数九，六管吹葭，阳动咨询柳。不待腊临梅抖擞，岁寒始可酬三友。　自古逢节常忆旧，欲解风情，结伴城乡走。祭礼唯余村户守，众生记挂烹羊狗！

（注：六管吹葭，古人测定冬至日之法。）

小　寒

（2019年1月5日）

山颓偕水瘦，最冷小寒天。
冰雪如期至，羽裳循季穿。
芳消梅傲绽，巢换鹊新编。
雉鸲幽微里，霜鹰梦北缘。

（注：鸲gòu，鸟名，身小尾长，嘴短而尖，羽毛美丽。霜鹰，鸿雁。）

珠江畔星海音乐厅听"玲珑艺术合唱团"演出

（2019年1月7日）

星海厅中亲子唱，"玲珑"复调扫冬寒。
和风款款拂原野，溪水玲玲漾浅潭。
凡草升阶益韵致，苔花开放也嫣然。
中西异调同清雅，敢问珠江何伫延！

鹧鸪天·戊戌大寒节

（2019年1月20日）

大地冰封入岁深，寒流涤荡暗天云。千山沉寂膺元气，万户殷勤俟亥春。　　筹腊祭，话年新，常规古礼谨遵循。严凌舒解东风启，温润韶光恤兆民。

观松偶志

（2019年1月24日）

天赋凌霄志，长春不改颜。
正直孤岂惧，险峻傲犹闲。
惬意风云伴，开怀雷电悬。
繁华输杏李，节劲问霜寒。
契阔竹梅友，晨昏壑瀑仙。
大夫秦世誉，君子口碑传。
何处无清影？流芳史册看！

（注：《史记》载：秦始皇封禅泰山，避雨于松下，遂封松树为"五大夫"，后世讹传为五株松。今泰山上有"秦松挺秀"，为泰安古八景之一。）

咏　梅

（2019年2月1日）

开在寒凝季，纯由造化功。
秉心随本性，无意领群红。

玉净缘琼境，冰清赖烈冬。
暗香贞者讯，疏影逸仙踪。
松许高标契，竹怜雅韵同。
孤芳凭众赏，冷宇愧一封。
绝世姿质异，诗书画技穷！

除夕立春
（戊戌本命，岁末交春，草成一绝）

（2019年2月4日）

六轮本命"谢交春"，一世难逢果应因。
我信来年当大好，太极天露惠坤民。

（注：除夕立春，古称谢交春，大吉。）

步韵和母进炎《七律》

（2019年2月13日）

宋家天子为私谋，宁愿偏安罔顾羞。
直捣黄龙飞志壮，迎回先圣构心忧。
年年南望民魂断，屡屡北伐胜算丢。
自古英雄乏世故，丹青血染叹风流。

（注：丹青：①指绘画；②丹青之色不易消失，古代比喻坚贞。）
（附母进炎君《七律》：宋家天子少宏猷，淫逸骄奢万世羞，铁骑纵横幽梦散，金瓯破碎黍离忧。江东父老徒遗恨，北伐英雄任断头。如戏人生多少叹，都随寒水任飘流。）

七律·"雨水"逢元宵

（2019年2月19日）

春立除夕方咏罢，又逢"雨水"润元宵。
东风解禁催新绿，大地复苏出彩潮。
近觑沉鱼浮面戏，仰观大雁御空翱。
阳明亲友歌团聚，入夜龙狮舞顺调。

卜算子·读曹操

（2019年3月5日）

乱世起雄杰，无乃家国幸！扫荡豪强解困局，残汉稍安定。
明志为苍生，抗毁操权柄。文治征伐领上流，谥武堪铭鼎。

卜算子·挽周瑜

（2019年3月7日）

江左股肱臣，军旅中流柱。征战策谋鉴帅才，赤壁声威树。
可叹逝英年，忍把阿乔负！不仅朝堂半栋摧，曲误谁来顾？

（注：瑜历事孙策、孙权兄弟二朝，策娶大乔，瑜娶小乔，平分倾国秋色。瑜二十出头即为军中翘楚，任至中护军，与张昭分理朝中军政事务，享年36岁。瑜年轻时精研音律，即使酒酣，乐曲如有缺误，瑜一定知道而回头看。故有谚曰："曲有误，周郎顾。"）

卜算子·悼孔明

（2019年3月9日）

绝代智多星，擘划三分势。缜虑全周济二朝，爰有褒忠敕。
固本又联吴，矢践出师志。无奈秋风五丈原，遗恨中兴史。

（注：诸葛亮，字孔明，蜀汉丞相。享年54岁，生授武乡侯印绶，殁谥忠武侯。）

读王文星诗词集《绿叶留韵》得藏头律

（2019年3月13日）

贴身感悟遣毫端，近况昔情娓娓谈。
生动写真参苦乐，活泼叙旧寓悲欢。
行迹着墨留随想，云影关心呈赋篇。
流韵千般朝野事，水光山色耐赏观。

（注：云影，指听闻及视频消息等。）

咏竹小令组曲七阕

忆江南·爱竹吟

（2019年3月17日）

钟其韵，入想总留连。一睹秀姿思"有斐"，亦因风致慕婵娟。春雨润心田！

（注：有斐，《诗·卫风·淇奥》："瞻彼淇奥，绿竹猗猗。有斐君子，如切如磋，如琢如磨。"有斐，也写作"有匪"，状文采貌。）

忆江南·怜翠筱

（2019年3月19日）

怜翠筱，茎嫩却坚贞。叶带笔情思写意，枝循时序护节伸。心许特清纯！

忆江南·竹根颂

（2019年3月20日）

根底好，生命助推源。地角墙基争拓展，石堆岩缝巧周旋。赢个绿撑天！

忆江南·赞成竹

（2019年3月21日）

坚挺立，节劲却虚心。清秀脱俗无媚态，凌霜抗雪竞天真。雅正壮风神！

忆江南·绿化竹

（2019年3月22日）

求雅致，遴选种修竹。行道排栽风景异，墙沿植立画屏姝。城市美工图。

忆江南·村野竹

（2019年3月24日）

村野地，出景必推竹。秀美风姿存雅韵，翩跹逸志映茅庐。居所岂能无？

（注：苏轼有诗句："宁可食无肉，不可居无竹。"）

忆江南·观竹海

（2019年3月27日）

涛声起，四望荡清波。千顷万竿摇翡翠，韧枝秀叶舞婆娑。绿海动心歌。

读史偶得

曹魏故事

（2019年4月9日）

汉祚凌夷纲纪乱，是非成败任强权。
捕蝉曹魏方得意，司马已悬黄雀鞭！

八王乱晋

僭位言忠羞启齿，国朝奉孝统神州。
终其一鼎八王乱，不肖原来非外仇。

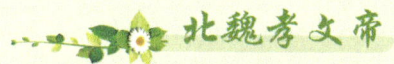

北魏孝文帝

（2019年4月19日）

主政中原怀大器，力行汉化尚前朝。
易服改姓同规制，文教维新史见高。

（注：北魏是鲜卑拓跋氏建立的政权，孝文帝拓跋宏承祖母冯太后改革遗则，维新文教，易汉姓，说汉语，承汉制，兴学尊孔等，革新旧俗，促进民族融合。他亲政时说："祖宗情专武略，未修文教；朕今仰禀圣训，庶习古道。"）

侯景乱梁

南史读来多感慨，无良宵小竟"辉煌"。
寡廉鲜耻如侯景，狡算投机可乱梁。

（注：侯景，羯族，本姓侯骨，字万景。剽悍好武，不良于行。北魏末参与六镇起义，后归顺东魏权臣高欢，再后投梁。梁武帝太清二年，侯景起兵叛乱，弑君篡位。最后被陈霸先、王僧辩击败，在逃跑途中被部下所杀，结局与王莽类似。）

读隋唐史点滴

隋亡叹

（2019年4月22日）

隋文勤政兼崇俭，二世终结类暴秦。
率性施刑民恐惧，勋臣流散嗣君昏。

杨广与李世民

（2019年4月25日）

同为次子夺嫡位，均建勋功留史刊。
奢暴荒淫国祚废，悯民从谏现贞观。

卜算子·魏徵赞

（2019年4月25日）

力主灭秦王，但为东宫计。玄武更嫡奉太宗，诤谏无微惧。
坦荡做良臣，无意沽忠誉。寿尽明君叹惋言：人镜今失矣！

（注：太宗曰："夫以铜为镜，可以正衣冠；以古为镜，可以知兴替；以人为镜，可以明得失。朕常保此三镜，以防己过，今魏徵殂逝，遂亡一镜矣。"）

卜算子·字如其人颜真卿

（2019年5月7日）

颜体韵雄浑，落笔丰腴见。不是人生大格局，难有高堂院。
耿介四朝臣，国难德能显。屡以直言贬再三，危境忠心献。

（注：颜真卿历唐代玄、肃、代、德四朝，元老级人物。其性耿直，不肯依附杨国忠，被贬到山东当平原太守。安史乱起，各地纷纷陷落，唯平原屹然不动，河北各路忠于唐廷的队伍拥颜真卿为讨逆主帅。每新君立，颜都

被召为殿臣，但因直言不惮，得罪权宰，又遭外贬。安史乱后，各地节度使拥兵坐大，渐成藩镇割据之势。德宗时淮宁节度使李希烈叛唐，奸相卢杞欲置颜真卿于死地，奏准让他去许州劝慰李希烈。他到许州，指斥李的不臣行径。李欲以相位诱降他，颜真卿拒绝并大骂，慷慨赴死。）

读史说演义十八绝

一、"貂蝉"并非人名

（2019年5月8日）

"貂蝉"宫内女官名，王允螟蛉恐悖情。
秽乱廷闱卓有罪，腾挪演义惩恶鲸！

［注：《后汉书·董卓传》："又奸乱公主，妻略宫人。"《后汉书·吕布传》载，吕布做董卓的侍卫，与卓的傅婢（贴身丫头）私通。］

二、关于捉放曹

（2019年5月9日）

中牟捉放本功曹，转嫁陈宫格调高。
屠吕阖家无史据，为昭奸戾晃一招。

［注：史载放曹操者，中牟县功曹（相当于当今县属科级），陈宫是中牟县令。］

三、吕布能否战三英

（2019年5月9日）

李傕郭汜敌不过，独战三英似有虚。

逞勇匹夫无信义，稍加点染蕴玄机。

（注：李、郭，二流战将，吕布曾与他们战，不胜而溃。）

四、过五关斩六将

（2019年5月10日）

关羽寻兄执意去，曹公明令让成行。

欲彰高义添神韵，斩将通关戏目生。

（注：关羽离去，曹操充分谅解其苦心，下令放行，并未设阻。）

五、刘冠张戴

（2019年5月11日）

鞭打督邮刘备事，恐伤众望寄张飞。

仁德纵使平生许，青春冲动也奋威。

（注：刘备当安熹县（今安喜县）尉，时正年轻，巡查郡县的督邮摆架子不肯见他，他气愤之下将督邮捆打二百军棍，挂绶逃亡。演义移事于张飞项下。）

六、是徐晃诛文丑

（2019年5月12日）

颜良殒命关公手，文丑魂销溯有踪。
际会风云良将众，史迹徐晃乃头功。

（注：文丑为何人所诛，史无明载，但《三国志·魏志》的前作者定为徐晃立首功。关羽与徐晃是同乡，是役二人皆临阵。）

七、火烧新野与孔明无关

（2019年5月13日）

新野七年一胜仗，火烧博望夏侯惇。
孔明尚在隆中卧，不会提前统领军。

〔注：刘备寄寓荆州驻新野七年，只打了一次胜仗——击败夏侯惇，是在献帝建安九年（公元204年）之前。诸葛亮在后主建新五年（公元227年）写的《前出师表》说"受任于乱军之际……，尔来二十有一年"。按此，诸葛亮出隆中在公元206年或207年，与击败夏侯惇，晚了两年，时间相去较远。〕

八、张昭不迂腐

——舌战群儒有抑扬

（2019年5月13日）

四方朝野称能干，孙策托臣首选昭。
因显孔明长辩智，江东高士变愚曹！

九、"三顾"细节随君写

（2019年5月13日）

隆中一对非凡论，轻易岂能相与闻？
史志但说三造访，如何往顾任耕耘。

（注：关于刘备访诸葛，习凿齿《襄阳耆旧记》载，向刘备最早推荐伏龙、凤雏的是司马徽，但只通姓名，无多述。《三国志·诸葛亮传》载，徐庶向刘备提起卧龙诸葛亮，云："此人可就见，不可屈致。"陈寿《三国志》："凡三往，乃见。"三顾而得见，至于如何"顾"法，给演义作者留下了想象空间。）

十、欲秀孔明写借箭

（2019年5月15日）

赤壁鏖兵十万众，绸缪并非短时间。
数来造箭低端事，何赖孔明卜雾天？

（注：赤壁之战，战略是孙刘抗曹，战术细节史无详载。依理，孙刘联盟，东吴为主，以吴之富庶，连箭都匮乏，这仗就别想打了。）

十一、神化诸葛借东风

（2019年5月15日）

大战舰船驻北岸，顺流斜进易为功。
火需风力强其势，无论至西还是东！

（注：长江很宽，划船渡江，总是从上游顺流斜进，如借东风则是逆流

上行。大战的形势，是曹军前锋在南岸赤壁与孙刘联军遭遇，吃了败仗。曹操命从南岸推进的队伍全部移往北岸，并自行将船首尾相扣，连成整体以免北人晕船。孙刘联军要火烧北岸的曹军，需先沿南岸上行到一定距离，再顺流斜渡抵近北岸。如此，则借助西风更为有利。）

十二、三气周瑜无其实

（2019年5月16日）

周瑜年长兼宏量，位显功高亦坦诚。
盟弟孔明非歹类，识得"三气"臆中生。

〔注：周瑜英年早逝，是死于剑伤复发。瑜实优秀、磊落、坦诚、爱才，龄属长辈的程普老将感言："与周公瑾交，如饮醇醪，不觉自醉。"周瑜长孔明七岁（并非如戏剧艺术所示，周瑜小生双貂，诸葛亮老生羽扇，恰恰来个颠倒），当时权重位高，并不介意孔明；而孔明刚出隆中一年，才谋未大显，也不是阴险之辈，三气之说子虚乌有。〕

十三、单刀岂可赴会

（2019年5月16日）

孙刘悬案系荆州，对战益阳资水愁。
赴会单刀军阵戏，羽、肃身后尽貔貅。

（注：孙刘两家之借荆州一事，无据，口水仗不断。益州本是吴国想夺的战略之地，后刘备入川，打败刘璋取得益州，东吴大怒，举重兵进逼荆州，欲取长沙、零陵、桂阳三郡。双方战场主将鲁肃、关羽作公开的阵前会议，是以身后大军为后盾，演义写成了单刀赴会。试想，除了演义作者，谁敢设计鸿门宴式的肃、羽会而置双方主帅于死地？）

十四、添枝加叶甚可观

（2019年5月18日）

庞德水战未抬棺，孟获被擒没历三。
六役祁山出两次，木牛流马系车船。

（注：据史，孟获被擒后放回，第二次被擒即降。诸葛亮北伐共打六个战役：街亭之战，陈仓之战，武都阴平之战，阳溪之战，上邽之战，武功之战。其中仅街亭之战和上邽之战出了祁山。木牛实为类似鸡公车的人力车，流马乃身窄而长的快船。）

十五、屈煞魏延

（2019年5月18日）

出身行伍谋兼勇，先主军师共许能。
塑造典型凭取舍，谁识反骨枉难明！

（注：魏延从兵士干起，渐次升阶到"镇远将军""领汉中太守"，全凭军功与忠勇；而且他"善养士卒"，深得军心。演义写他生有反骨，可能缘于孔明死后，魏延被杨仪谋害。这可是冤煞忠良！）

十六、节外生枝空城计

（2019年5月19日）

街亭失守难为继，西县人民迁汉中。
被弃空城何所用，哪堪丞相诈轻松？

（注：街亭失守，为防魏军追击，诸葛亮下令将西县民众迁往汉中，等

于放弃西县。既如此，再无必要冒险演一出将统帅生命作赌注的空城计。另外，魏军并未追击，大将是张郃而非司马懿。）

十七、关于八阵图

（2019年5月19日）

用兵八种阵法图，指导军官教练书。
演义写来阴雾布，人生智慧变玄乎！

（注：八阵图是演示八种基本阵势及其变化应对之图，并不是兼有生门、死门等八个门的阵，更不会生出阴风惨雾。因为演义中有"借东风""八阵图"等超常越度的描写，鲁迅评曰："至于写人，亦颇有失，以致欲显刘备之长厚而似伪，状诸葛之多智而近妖。"）

十八、丕、植兄弟与甄氏

（2019年5月20日）

兄弟失和真史事，未曾逼作豆萁诗。
丕收甄氏植年少，纵使生情只自食。

（注：丕、植失和是真，七步成诗无据。甄氏童年丧父，成年后嫁袁绍次子袁熙。曹操灭袁绍，甄氏家毁被俘，再醮曹丕。时曹植13岁，即便他对甄氏有想法，甄氏也不会犯迷糊属意于他。甄氏生曹叡，因遭郭氏嫉妒与进谗，被曹丕赐死。也许人们同情曹植的失意与甄氏的不幸，就生出七步诗和植、甄故事。）

卜算子·文武令才说杜预

（2019年5月29日）

生在鼎足时，博览通经史，注解"春秋左传"痴，修律垂圭制。
骑射两乏能，偏有将军质。坐镇襄阳划灭吴，庙祭承双祀！

〔注：杜预，司马懿女婿，魏晋时政治家、军事家、学者。杜预耽思经籍，博学多通，颇有建树，时被誉为"杜武库"（知识之富如武库之无所不具）。著有《春秋左传集解》，为十三经之一，时人称他"左传癖"。他主笔修《晋律》并作注，历代好评不断。预乃"身不跨马，射不穿札"的书生，但他善于用兵，坐镇襄阳，任镇南大将军，成为晋灭吴的统帅之一。预文武全才，是明代以前唯一一个进入文庙和武庙之人。〕

卜算子·媚态欺世司马懿

（2019年5月31日）

朋友必结交，最忌司马懿。才干卓拔望眼云，难以识胸臆。
媚态半迷操，硬把曹丕蔽。装病多年举世欺，曹爽当儿戏！

（注：司马懿才谋出众，但常以假象欺世，于德有亏。他以媚态瞒过曹操、曹丕、曹叡祖孙三代，后一病装多年，瞅准机会，对曹爽一击致命。其一生聪明，却不被看好，理自存焉。）

学院龙山校区观景台送目二绝

一

（2019年6月13日）

数峰联袂俯观图，视下小丘翡翠珠。

顶冠阁亭说古韵，胸通隧道话凉都。

二

（2019年6月14日）

风罢"舞雩"运目西，公园校境喜结缡。
人文山水丹青卷，云自流连凤自栖。

（注：《论语·侍坐》有"风乎舞雩，咏而归"。——在舞雩台上逗风，然后唱着歌回家。）

路见无名花迸石盛开

（2019年6月20日）

路人不屑碎石堆，小草莫名缝隙窥。
突放金花三五朵，迎风摇曳自扬眉。

题路畔盆景一枝独放

（2019年7月5日）

一枝俏绽路闻香，疑是杨妃试丽妆。
洛邑牡丹曾览过，眼花缭乱竟寻常。

题岩上树

（2019年7月10日）

些微泥土系飞尘，育树高标竟越寻。
不羡肥甘炫细嫩，任随风雨效松筠。

龙山道上漫步

（2019年7月22日）

坦途一线指云间，寓墅似珠龙口衔。
漫步恍如天市逛，语声轻易扰婵娟。

凉都凤池园与定云小叙吟留别

（2019年7月27日）

别后四十载，相逢皓首翁。
初见迟疑认，俄而问讯从。
旋寻清静地，互述坎坷程。
滨湖聊写意，醇味注春中！

（注：春，酒的别称。）

清平乐·三顾明湖

（2019年8月28日）

入园尚早，可意亲鸥鸟。伫立虹桥烟浩渺，曲水荻丛护绕。
密林步径通幽，簧门芳苑结俦。相济益彰韵郁，自将游客羁留。

七律·应陈学静、赵兴祥二君相邀与03级本科部分同学临节小聚咏

（2019年9月9日）

师生小聚庆"双节"，叙旧说新语剀切。
过往忆及带嫩味，而今指点显明决。
耳听时论沐春雨，面对群英有赞嗟。
喜看前波迎后浪，海宽月朗奏和谐。

（注：双节，己亥年，教师节后三天即中秋节。）

水调歌头·中华人民共和国成立七十周年写意

（2019年9月23日）

七秩沐风雨，探索治国猷。但凭徒壁家底，艰困写春秋。外抗群顽封锁，内历波折磨炼，亿兆济同舟。大任降勋辈，频有凯歌讴。　　党风正，人心顺，小寰球。一星两弹，安邦绥远解民忧。科技航天访月，经贸图强致富，步步上高楼。圆我复兴梦，畅欢话吴钩！

羊城立冬前三日即景

（2019年11月5日）

时序临冬却艳阳，单衫短袖尽轻装。
残荷未显深秋意，花树犹着孟夏芳。

和煦如春风处静，玉温似海宇涵凉。
都夸粤地堪托老，异语殊肤一故乡。

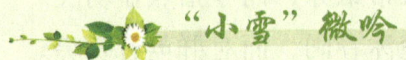

"小雪"微吟

（2019年11月25日）

"小雪"问讯感微凉，恰似秋风过水塘。
屈指乡关蟋蟀冷，岭南颐养计冬藏。

读史偶识二十绝

（一）

（2019年12月1日）

怀才不遇未足奇，世事穷通赖契机。
垂暮发迹说吕尚①，翻身"百里"②五羊皮。

（注：①吕尚，姜尚本名。《易》卦中第二十七卦"山雷颐卦"载"渭水访贤"，指周文王姬昌访姜尚之事。②百里，即百里奚，春秋时虞国人。其才能出众，家境却赤贫，虞国被晋国灭后，他成了奴隶。秦穆公娶晋献公女儿，百里奚在陪嫁奴仆之列，穆公以五张羊皮替他赎身，并任为左相。史称他"五羊皮大夫"。）

（二）

（2019年12月2日）

经商牟利题中义，国运攸关一羽轻。
读罢弦高①心肃敬，旋念陈氏讳嘉庚②。

（注：①弦高，春秋时郑国商人。公元前627年，秦国出师越过晋国去偷袭郑国。前往洛阳贩牛的弦高得知这一消息，急中生智，一面通知传递公文的驿站回国报信，一面挑选四张牛皮和十二头肥牛迎向秦军犒师，向秦军显示郑国已知秦军动向。秦军知道偷袭无功，灭滑而还。②陈嘉庚（1874—1961），福建厦门人，著名华侨领袖，企业家、教育家、慈善家、社会活动家。他倾其所有，支持辛亥革命，支持抗战，反对汪伪卖国，创办厦门大学、集美学村，被毛泽东誉为"华侨旗帜，民族光辉"。）

（三）

（2019年12月3日）

一文隐忍怀高义，一武耿直出坦诚。
喜看负荆一拱手，羞煞多少伪精英。

（注：《史记·廉颇蔺相如列传》载"将相和"故事。）

（四）

（2019年12月3日）

生而不幸诗之幸，运至穷途创楚辞。
试问群奸何所有，龙舟竞渡祭忠直！

（注：屈原放逐，吟辞述志抒怀，遂生楚辞。）

（五）

（2019年12月5日）

八千子弟隆西楚，欲逞攻伐遂霸心。
遗恨乌江不自省，命属天意亦由人。

（注：司马迁评项羽"自矜功伐，奋其私智而不师古，谓霸王之业，欲以力征经营天下"；项羽乌江自刎时说"天亡我，非用兵之罪也"。）

（六）

（2019年12月5日）

萧规实证多成效，继任推行免扰民。
莫谓曹参不进取，敬能虚已见公心。

〔注：萧何、曹参是跟随刘邦在沛县起事的元老，汉初，萧何为相，曹参封侯。惠帝（刘邦子刘盈）时仍以萧何为相，何殁，曹参继之，沿用萧何制定的一切法规制度，未作任何变动，史称"萧规曹随"。〕

（七）

（2019年12月6日）

生也当时逢汉武，七十战阵屡积功。
运乖不教勋谋显，徒见鬓霜难见封。

（注：读《汉书·李广苏建传》，又读《滕王阁序》"冯唐易老，李广难封"。余按：广是名将，但非帅才。）

（八）

（2019年12月7日）

汉武力图除北患，越级擢用舅与甥。
卫青主将实堪许，十七"去病"封"冠军"。

（注：读《汉书·卫青霍去病传》，余按：①卫青与霍去病乃舅甥俩。②卫青智勇出众，任大将军，名副其实。③霍去病虽有孤傲、不恤士卒的弊病，但战功显赫，17岁就被封为"冠军侯"；有"匈奴未灭，何以家为"的豪情壮志，23岁去世，爵至"骠骑将军"，如此少年英雄，史所罕见。）

（九）

（2019年12月12日）

春秋实录资通鉴，"崔杼弑君"喋血书。
执法董宣铁吏在，项强能使至尊服。

（注：①《左传》载，齐庄公屡淫大臣崔杼妻，一次，庄公到崔宅，崔杼不出面，使家人射杀庄公。太史官书"崔杼弑君"，杼杀了史官；史官弟仍照样书，杼又杀了史官弟；史官小弟仍照样书，杼最终不忍杀之而作罢。②《后汉书》载，光武帝刘秀有个姐姐湖阳公主，她的管家在光天化日之下杀了人，受其庇护。当时担任洛阳县令的董宣，瞅准湖阳公主出行的机会，挡道从她的随从队伍中揪出管家斩杀。湖阳公主向刘秀告御状，刘秀让董宣给公主磕个头了事，董宣硬着脖子不肯低头。最终刘秀放了董宣，还给予赏赐，史誉董宣为"强项令"。）

（十）

（2019年12月21日）

文姬归汉胡笳颂，丞相留芳正气歌。
可叹头风输理智，当年胸堵斩华佗！

（注：读《三国志》，颇感慨："文姬归汉，文学史增新辉；华佗之死，岐黄术失圣手。功欤！过欤！"）

（十一）

（2019年12月24日）

苻坚幸运臣王猛，一统北方得武侯。
淝水投鞭夸海口，断流不遂断春秋。

（注：《晋书》载：①王猛有文韬武略，是前秦苻坚的宰相，辅政18年，为前秦帝国统一北方，贡献巨大。苻坚视他为自己的孔明，谥其"武侯"。②为国事操劳过度，王猛早逝，只活到51岁。临终遗言，劝苻坚要从长计议，别急于攻打东晋；当务之急，是剪除世仇鲜卑和西羌，以利社稷。③尔后几年，苻坚兢兢业业理政，前秦空前强大。但8年后，他倨傲起来，悍然发动淝水之战，南击东晋。结果，自许投鞭可以断流的80万大军，被8万晋师打得一败涂地，元气大伤。再9年，鲜卑人、羌人造反，前秦被搅个七零八落，终告覆灭。）

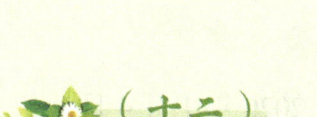

（十二）

（2019年12月26日）

恤民尚俭宋文帝，重视农桑亲耨耕。
吏选才德轻税赋，何期太子弑家尊！

（注：《南史》载，南朝宋文帝刘义隆，尚俭，不住富丽堂皇的宫殿，不餐美味佳肴；重农，亲率大臣们到城郊实践耕种；恤民，以德才兼备选用官吏而严惩贪腐官员，减轻农民赋税……如此不多见的封建明君，颇受民众拥戴，却被抢班夺位的太子刘劭诛杀，果报错位，览史唏嘘。）

（十三）

（2020年1月1日）

女銮屈指参差数，多靠弄权张势威。
罕见北朝冯太后，革新治策重规揆。

（注：读《北史》，北魏冯太后，既有杀伐决断，又有治政才能。她先帮助年轻的献文帝除掉权倾朝野的奸相乙浑，继为幼主孝文帝辅政。主政20年，施行一系列政治改革，诸如：禁止大地主兼并土地；在农村基层实行"邻—里—党""三长制"，有效地编户征税；对官吏执行俸禄制，避免了勒索贪污；实行"均田制"，结束鲜卑族的游牧生活方式；等等。她无愧是史上并不多见的杰出女政治家。）

(十四)

(2020年1月4日)

内宠王环失凤志,朝专林甫剑藏心。

榻旁酣睡禄山虎,盛世"开元"日色昏。

(注:读《新唐书》,余按:同是盛世,唐太宗李世民能纳谏,善用人,储君之事处理得当,享善终;而玄宗李隆基治理为"开元盛世"后,沉溺后宫,重用奸相,惑于安禄山,一旦风云起,国运陡转,盛极而衰,晚景凄然。史鉴是戒。)

(十五)

(2020年1月6日)

三矢报仇成帝业,居安志堕宠优伶。

亲离众叛难为继,身死名污鉴史乘。

(注:读《五代史》,唐末分裂为五代十国,北方朱全忠建立梁王朝时,还存在幽州刘仁慕和河东李克用两大割据势力。李克用临死时,给儿子李存勖三支箭,要他消灭朱全忠、刘仁恭、契丹首领耶律阿保机三人替父报仇。李存勖果然不负遗嘱,励志整军,气死朱全忠,斩杀刘仁恭,击败耶律阿保机,伤其元气。由是统一北方,建唐称帝。俟后,享乐失志,宠幸戏子,沉溺于粉墨登场,朝纲大乱,众叛亲离。最后,被其父所收义子李嗣源兴兵讨伐,并取其帝位,而他本人竟死于伶人亲兵之手。读之一叹!)

（十六）

（2020年1月7日）

成于兵变防兵变，内部盯牢外部松。
若是徽、钦不北去，岂非天道有失公。

（注：读《宋史》，余按：富国而不知守护，无异于积脂膏以资寇雠，智者不取。）

（十七）

（2020年1月7日）

偏安每议斥秦桧，武穆奇冤史愤书。
问罪何须一定有，虎伥不过马前卒。

（注：岳飞衔冤，秦桧难辞其咎。韩世忠问秦桧岳飞犯何罪，桧答"莫须有"。纵是权臣，哪来的底气说如此的混账话？但一想，虎伥而已。）

（十八）

（2020年1月9日）

有明纵览乏奇峻，出世横空王守仁。
才具经文还纬武，哲思精要理存心。

（注：集思想、哲学、文学、军事、教育诸家于一身的全才王守仁，在有明一代可谓空前绝后，即便放眼整个中国历史长河，也不多见。尤其是罹祸远贬龙场驿，使他悟道心学，成为继孔子、孟子、朱熹之后的儒学巨子，诚如老子所言，祸福相依。他的一生，对世人的启迪是多方面的。）

（十九）

（2020年1月16日）

百载康乾诚盛世，久安沉醉殒精神。
八旗子弟皆硕鼠，黎庶脂膏奉外人。

（二十）

（2020年1月17日）

大厦危楼虫蛀透，输银失志苦支撑。
纵出亿兆张之洞，腐朽安能唤再生？

（注：张之洞，晚清重臣，洋务派代表。其主要业绩，一办新式教育，二办实业，三练新军，四抵外辱。与曾国藩、李鸿章、左宗棠并称"晚清中兴四大名臣"。）

咏树上花簕杜鹃

（2019年12月13日）

质薄似纸形如叶，开在枝头粉或丹。
不事娇羞不事媚，但由风雨但由寒。
一朝绽放能持久，两季生存总献妍。
妆点羊城凡苑品，市民心许类菊兰。

晴日溪边行

（2019年12月14日）

闲来信步溪边走，闹市寻幽犹半仙。
高木凌空撑巨伞，浅流熨地秀轻缣。
静听相和嘤嘤鸟，隙眺淡飘袅袅烟。
偶遇二三同趣友，点头一笑示投缘。

题织金宝桢①阁网传照

（2019年12月18日）

楼阁高耸映清溪，瞻顾乡杰留胜迹。
功著庙堂官三品，名辉桑梓史一奇。
锋刚智斩安得海②，政畅创食宫保鸡③。
济世廉直孚众望，贤良祠祀仰钧仪。

［注：①丁宝桢（1820—1886），贵州平远（今毕节市织金县）人，咸丰三年进士，历任翰林院庶吉士、编修，岳州知府，山东巡府，四川总督。为官勇于担当，清廉刚正，敬职恤民，政绩卓著，深得人望。死后朝廷追赠太子太保，谥号"文诚"，入祀贤良祠，在山东、四川、贵州建祠祭祀。②安得海，慈禧宠幸太监，电视剧中慈禧呼其"小安子"，丁宝桢任山东巡抚时诛杀其于济南。③宫保鸡，因丁宝桢喜吃而得名的一道特色菜。］

饮弈戏谑

（2020年1月3日）

杯杓不举食无味，小饮奕局子乱投。
对手胡卢脱口问：脸红是醉抑含羞？

（注：胡卢，拟喉部有声之笑。）

戏为"轱辘体"——"梅绽枝头喜报春"迎鼠年

（2020年1月21日）

梅绽枝头喜报春，物心律动感微温。
万象多谢冰雪护，一派生机欲叩门。

楹联欢笑福居心，梅绽枝头喜报春。
户户张灯高挂彩，金猪玉鼠逐相亲。

都盼除夕排座次，红包压岁举年樽。
修竹摇曳平安讯，梅绽枝头喜报春。

抗击新冠病毒组诗（词）八首

其一：武汉疫情感赋

（2020年1月28日）

疫情危峻呈江汉，院士专家赴战区。
一线白衣严管控，八方后盾济急需。
中枢擘划全局动，四海绸缪怪病怯。
救护英雄虔礼赞，神州亿兆共休戚！

其二：看援鄂车队视频命笔

（2020年2月14日）

路弥白雾冰霜冷，入鄂援车昼夜开。
守卡警员齐礼敬，别亲征士自前来。
袍泽共践"无衣"颂[①]，庶众同膺"有駜"怀[②]。
入目胞情牵热泪，春花可待绽灵台[③]。

（注：①诗三百有《秦风·无衣》，一首表现同仇敌忾、英勇抗敌的慷慨战歌。②诗三百有《鲁颂·有駜》，一首举国同心协力、战胜自然灾害的凯歌。③灵台，西周初的国家园林名，借代泛指园林。）

其三：唐多令·说疫

（2020年2月25日）

庚子未昂头，疫袭黄鹤楼。惊恐生，汉滞江愁。病势猛如洪水漫，医手紧，意悲秋！　　风雨济同舟，中枢径统筹。危难时，逆旅川流。纾困资源奔古楚，除祸祟，胜方休。

其四：点绛唇·阳台小驻

（2020年3月4日）

春至晴明，阳台小驻舒疲困。路空人隐，疫势仍严峻。送目长天，江汉犹吃紧。庚子运，道魔搏阵，逐鹿争分寸！

其五：唐多令·有感于武汉方舱医院关舱

（2020年3月12日）

火线建方舱，以缨肺疫狂。凡病员，悉数临床。天使共襄公益事，诚救死，乐扶伤。　　魔溃欲休舱，热图韵味长：患与医，深礼一堂。人际但脱私利累，真情在，大吉祥！

其六：西江月·看援鄂医疗队凯旋

（2020年3月24日）

冠祟无良袭楚，白衣履险缉凶。拼搏两月未曾松，悲喜苍生与共。

挥泪惜别率性，执旗跪谢真情。涅槃大爱此心铭，难表衷曲——致敬！

其七：卜算子·庚子大疫祭

（2020年4月4日）

往岁祭清明，慎举思追远。捋顺根由悟此生，人字当明鉴。

庚子祭清明，山海同嗟怨。天地失德宇宙悲，大爱书青简。

（注：庚子大疫，我国染病者八万，丧三千余；国外病例越百万，丧数万。天地不仁，苍生浩劫，思之泪奔，深沉以悼。）

咏笋竹

（2020年6月10日）

孟夏时临觅笋踪，参差竹影映新松。

显身直是朝天笔，脱壳堪称浸碧琼。

日课渐舒环状扇，每窥尤喜劲节容。

待观拥翠迎风展，心自宁恬气自通。

（注：日课，每天必做之事。）

蝶恋花·端阳祭

（2020年6月22日）

检点江湘思远骛，世卷颓波，独立清流柱。羞与鸱枭从辇毂，汨罗命定归依处！　　同调贾生书大赋，邪正天渊，史理难评述。屈子精神存古楚，亡秦方可说三户。

日课沏茶戏作

（2020年7月7日）

晨起衣冠殊未整，清壶净水泡新茶。
龙芽凤草用心选，博士茗人亲口呷。
我盏不辞结赭垢，客杯凤备有陶砂。
独居细瞅沉浮态，蓬莱生香醉叶嘉。

（注：博士，茶博士，好茶者。）

闲诌古风十余韵

（2020年7月25日）

圣人不利己，大爱境无疆。
甘为孺子累，尧舜慨而慷。
亲人视民本，孔孟导其航。
豪杰不利己，挽澜纛帜扬。

龙山逸咏

四海承平际，功业盖世王。
秦皇开汉武，唐宗启元璋。
侠士不利己，义节超命强。
摩顶直放踵，杨墨气轩昂。
朱家并郭解，毁誉或两彰。
匹夫谋利己，情理何相妨？
利己不损人，社会实正常。
相兼有苦乐，所历伴沧桑。
间抑罹屈辱，困山思汪洋。
报复如可谅，弱势不及殃。
人矣为人者，持性当善良！

郊居闲咏

（2020年8月7日）

宅枕龙山觉郁葱，偕云迤逦止黔中[①]。
任晴任雾都成景，或雨或风总畅胸。
望日[②]清香犹月桂，佳期雅韵似仙翁。
难得临市东篱邸，菊影松姿拙意通。

（注：①黔中，指安顺。余居所坐落在龙山北麓，相邻村居名石龙岗，方志载石龙连绵蜿蜒东去，直达安顺。②望日，指农历十五月明夜。）

寄语梅花山

（2020年8月23日）

联峰造化显梅花，万汇青苍花后芽。
快意天辉唯咫尺，陶然疏霭漫无涯。
抚膺冬雪连春雪，礼敬朝霞并晚霞。
高雅坚强谁与共，紫红追步仰方家。

（注：水城梅花山，为市郊高标。有索道通上下，计长9.91公里，为世界最长者。余曾分别经车道、索道至其巅，纵览大观。日居郊邸与其远眺对视，有如谪仙之观敬亭，日人之观富士。偶得一韵，记以遣怀。）

秋韵十一绝

一、明湖静伫

（2020年9月5日）

远岑紫黛蕴岚烟，周际苍青静谧闲。
时起鹭鸥惊叶落，湖漪轻泛奏秋弦。

二、龙山麓微吟

（2020年9月5日）

信步道荫思邈远，卷舒云动桂飘香。
龙山邻比蟾宫近，唤取吴刚怜斧伤！

三、林道偶遇

（2020年9月7日）

一抹余阳几许风，蹁然飘落有棕红。
浑无颜色犹着语，陪伴菊开好越冬。

四、白日梦语

（2020年9月8日）

梦中情景丹青味，瑟瑟秋风过北坡。
童稚衣单无所惧，筱竹涉水戏残荷。

五、郊湖拾趣

（2020年9月15日）

天霜叶露雨丝凉，枝上渐疏铺地黄。
入眼静湖疑幻梦，蝉鸣声里见鸳鸯。

（注：天霜，天白也。）

六、林溪漫步

（2020年9月16日）

群绿环山霜色染，高天萧煞淡云长。
徜徉溪径悠然望，南向排空有雁行。

七、街沿小花

（2020年9月22日）

别看沥青浇地硬，雨来走水似风刮。
偏生嫩卉两三寸，摇曳金花映彩霞。

八、青山一叹

（2020年9月25日）

青山绿树本相宜，私欲无羁毁木犁。
秋后小家独自喜，龙身三五见疮痍。

九、竹趣

（2020年9月26日）

老干笔直一绺绿，子竿深礼护扶苏。
屈伸随顺天然势，把定气节不媚俗。

（注：深礼，弯腰弧度很大之礼，子竹枝叶茂盛，压弯了腰。）

十、雾笼黔山

（2020年9月29日）

低天霰雨陡然凉，水雾轻腾漫嶂岗。
体遣徐福寻幻海，黔山秋境是仙乡。

十一、阴雨乍晴

（2020年10月12日）

温润明阳清絮云，难得雨霁仲秋晨。
黄花招展栅栏矮，误判"迎春"错入门。

（注：迎春，迎春花。）

冬令八绝（阕）

一、弥雾似沙

（2020年11月2日）

未惊寒意地笼沙，灯晕流双咽喇叭。
丈许难能识具象，挪身拂动尽云花。

（注：时遇浓雾，白日车辆开灯，五米不辨物。）

二、乍感清寒

（2020年11月7日）

地天清冷渐收藏，草木凋零恋故乡。
洞晓蛰伏归至境，雄风重振待新阳。

三、十月阳春

（2020年11月9日）

阳艳景清非眼花，逗得枝上绽新芽。
蟪蛄多谢东风意，伴驾巡游化外家。

（注：蟪蛄，《庄子·逍遥游》："朝菌不知晦朔，蟪蛄不知春秋。"蟪蛄又名知了，春生夏死或夏生秋死，寿命短，不知冬。化外，造化限定之外。）

四、好个晴天

（2020年11月17日）

无絮长空尽瓦蓝，冬衣翻晒计防寒。
讯传亲友常珍重，力御新冠再反弹。

五、盂冬截图

（2020年12月3日）

雾罩围岑一水墨，城乡如梦浴烟波。
行人岸径多疾走，诧异笠翁钓瘦河。

六、天雨湿雪

（2020年12月12日）

湿雪纷坠朔风劲，半冻半融寒背心。
缩颈拥衣一刺猬，频呼白雾抖精神。

七、居岭南看故乡冰雪景

（2021年1月2日）

寒凝庚子超常冷，树树梨花琼玉开。
大地玲珑装点透，高天鹏举瞰盆栽。

八、唐多令·岁末即事

（2021年1月23日）

去岁抗新冠，瞬息汉江寒。急切间，禁城封关。逆旅白衣风火聚，方舱院，雷神山。　　纾困颇艰难，西方冷眼看。怎料得，轮转眉燃。我待高张平乱手，严防御，靖妖顽。

咏分别28年师生宅会（古体）

（2021年1月23日）

莺鸟相呼叫，有朋远方来。流际早问讯，雪梅亦关怀。
择期邀同好，凉都晤朽衰。毕节恩丽地，织邑桑梓城。
砚窗沐光辉，伉俪有丽平。车驾定一日，谋面皆故人。
当年犹青涩，历炼成彦才。执业佼佼者，识见上高台。
我愧龙钟态，却喜对廷槐。清茶佐叙旧，时光即倒驰。
拉瓜侃"娘母"，逗趣谐解诗。毕业留随笔，心态坦然识。
游园或遣兴，鸥声脆林丛。校景留素照，挚谊笑谈中。
散淡话过往，畅言甚轻松。向晚欲归去，薄酒小杯酾。

相劝有祝语，柳枝冀别裁。望尘道旁久，启足又徘徊。

〔注：2020年10月8日，曾在毕节师专就读的刘季（与"流际"为谐音）、欧雪梅、曾恩丽、左光辉（偕贤内王丽平）到六盘水看望我，相别已28年矣。刘来自贵阳扎佐，欧来自清镇，曾来自毕节，左夫妇来自织金。他们中文系1989级班主任是母进炎老师，我作为系副主任常常参与他们的班内活动，关系融洽，同学们每每善意地戏称我二人为"娘（梁）母"。我给他们讲《诗经》，将"氓之蚩蚩，抱布贸丝。匪来贸丝，来即我谋"白话译为"那个汉子笑嘻嘻，抱着布帛来换丝。他哪里是来换丝，是想跟我谈婚事"，又将"将仲子兮，无踰我墙"译为"求求你啦小二哥，不要再翻我家墙"……这些往事常常被同学们引为笑谈。〕

木兰花·辛丑立春

（2021年2月4日）

一从灾雾凌空绕，胜日难欢兴奋少。江荆危解始安心，欧美疫情增苦恼。　　迎牛春立晴方好，兆令沧桑归正道。民生艰困厌邪恶，聚力"芭蕉"寰宇扫！

（注：芭蕉，《西游记》里铁扇公主的芭蕉扇。）

临江仙·游南沙天后宫

（2021年2月15日）

山海丹青呈眼底，南沙天后宫前。银辉浅黛览无边，虎门桥横架，舸舰甚悠闲。　　身后炮台遗迹在，游人偕我留连。洞穿世纪识因缘。自强方自大，痛史铸箴言！

为66届初高中同学分别近60年聚会作

（2021年3月28日）

风云激荡动柯枝，正是青春出彩时。
行止随波凭缘路，浮沉委命尽良知。
光阴五纪龙蛇度，霜雪一头岁月司。
期许桑榆霞照久，同窗把盏话驱驰。

（注：五纪，古代记时以12年为一纪，五纪计60年，66届从毕业到2021年，初中58年，高中55年矣，言五纪取其成数。）

一剪梅·咏老同学聚会

（2021年3月30日）

才记芳华正茂年，忧虑无知，梦幻翩跹。心怀宗悫慕长风，学尚耕耘，乐在红园。　　转瞬稀龄到眼前，惊诧鬓霜，相约投缘。扬鞭故事漫唠嗑，舞仿仙姬，酒假七贤。

题宅放君子兰

（2021年4月2日）

并非刻意留春驻，平淡相邀上敝楼。
随缘陪我读晨暮，一静天凉好个秋！

清明后坟祭

（2021年4月15日）

节序清明林蓊郁，蹒跚荒径吊祖茔。
南山苦忆萱堂影，北岭幻谒先考灵。
酹酒三盅托小草，焚香九炷寄幽冥。
多年一返悲难再，凝目穹苍竟咽声。

说陈李

（2021年5月7日）

清季倾颓积暮气，共和纷乱世飘摇。
启蒙民智陈独秀，探索国猷李大钊。
生者长遗刚愎憾，烈勋幻化掣驰雕。
二公都是拏云手，同等山高共弄潮。

双星咏

（吊中国肝胆外科之父吴孟超院士、中国水稻杂交之父袁隆平院士）

（2021年5月22日）

昨日弹冠迎小满，忽焉地震殒双星。
杏林妙手辞尘别，时下神农化鹤行。
华夏无边传悼语，人民一片致哀声。
无私奉献真国士，赢取苍生膜拜情。

（注：2021年5月22日，两院士仅隔5分钟先后去世，吴院士享年99岁，袁院士享年91岁，二星殒落，举国哀恸。）

明湖路边写山茶

（2021年7月16日）

峨冠行道浓荫下，河畔一溜绿缀红。
不见故乡难自在，初居闹市显怩慵。
眼前络绎阅娇贵，梦里依稀唤牧童。
偶遇村姑临注目，精神旋振坐春风。

无题诗八首

一

（2021年8月5日）

年来慵懒频怀旧，蝶梦庄周醉浅杯。
未获机缘骑筱马，却同窗砚话青梅。
龆龄不解邀羞愧，面靥自展惹是非。
生也难着释惑语，只期童趣总相随。

二

（2021年8月6日）

舞勺何曾识豆蔻，凤来习染志存高。
契兄有幸结挚友，世妹无邪画鹊桥。
一片冰心塞懵懂，几番萋草蕴蹊跷。
有情莫笑错投李，未至金秋讵报桃。

三

（2021年8月7日）

君子自强天运健，清风拂槛叩柴门。
有缘共赏三春暖，无份相随一苇阴。
沧海常思新煮酒，巫山幻对散飘云。
缤纷世界多歧路，不系蓝田别问津。

四

（2021年8月8日）

高山仰止寻常事，独坐敬亭识见深。
逐日发微成慧眼，经年入定有琴心。
凌云路岐鸿堪渡，迭涧潭渊智可临。
养晦韬光藏剑技，于无声处履荆蓁。

五

（2021年8月10日）

五行筹算不离土，却辞乡关任数奇。
但遇生机多抑制，几经厄运自禳祛。
栽花不绽留思忖，插柳成荫费启迪。
流转光阴驹过隙，从头一试梦中期。

六

（2021年8月11日）

识友无须频考量，携程一再辨知音。
从心付予不图报，写意相思总耐吟。
晤坐春风犹宅眷，别临秋水是伊人。
世间阅历千般态，最羡同泽共苦辛。

七

（2021年8月12日）

生也有涯闲点数，难得一二忘年交。
偶离传统能持正，稍越常规试弄潮。
诗页韵流浮清照，字笺彩焕影薛涛。
杯茗雅饮竹林友，运至飞身国际漂。

八

（2021年8月15日）

偶为置评或假象，日积月累见真纯。
交集随意融尊重，托付尽心源热忱。
动静由衷情趣现，勤俭缘势古风薰。
平生但许直益友，福满胸襟总是春。

微生点击

稚萌趣事

1946年,我的生年,属狗。

甚为不幸的是,智力未开,我对母亲还没有稍许明晰的印象,她就去世了,我才四岁。

尚能忆及的,只是一些零星的片段。大约是两岁,母亲扶我在切面条的案板上走着玩,依稀记得她的身影,却想不起她的面容。过年时,时兴家里人"抢状元"庆岁,母亲和我为一角,让我掷骰子,偏我手气好,掷的点子总中彩,母亲很高兴。那情景如在眼前,就是记不起母亲的切实的样子。母亲去世后,棺木停放在堂屋里,我当时不晓得悲伤,用一双小手拍打棺木,有个在场的大人说:"他知道里面睡着的是妈妈。"母亲殁了,家里姐弟五六个人,离不开一个管家的主心骨,很快就来继母。继母勤奋贤惠,自己没孩子,视我们为己出,对我们姐弟不仅关心,还很客气。在老家城区范围内,继母的好口碑,几乎无人不知,无人不称赞。

于是,我过了几年无忧无虑的玩耍生活。那时城墙还在,城门楼很威风,我们小伙伴不时爬上去玩玩;不能经常去,人小,有点胆怯。经历一次就终生难忘的有一件事,是夜晚值日打更报平安。中华人民共和国成立之初,有一段住户轮流打更的时期,轮到我家了,两个哥哥带上我深夜凌晨出发,巡回于城里主要街道敲锣钹打竹梆子。那晚有月亮,一点也不害怕,还觉得蛮有趣。

七岁那年,该入学了,按城区分我应该读二小。家里给了几毛钱，让我自个儿去报名。二小设在过去的关帝庙，地势比街面高三四米，四周有围墙，有十几级石梯连着大门。我那时脸皮薄，很腼腆，从街面往庙里瞅，冷清清的，不敢进去。回家撒谎说已经不接受报名了，大人们不问就里，让我又玩了一年，于是八岁才入的小学。

幸亏我有比较厚实的学前训练。祖父是全城人都尊称的"梁老夫子"，在我入学前，他就教我几乎背完了"四书"，会做1000以内的加减乘除运算。所以，我入学后学得不费力，成绩常常领跑。

成绩尚佳，也守纪律，自然得到老师们的喜欢，获得同学的喜爱。一个女生上学要路过我家，顺便叫我一起走，如此两三次以后，竟引来同学们的起哄。就这么一点莫名其妙的娃娃事，后来我与她就避免见面与说话了；一旦碰上了，急着装正经似的走开。说来好笑，这种状况，一直坚持到成年成家。我私下觉得对自己对人家都是一个歉疚，不必说也不好说，哽在心里是个小小的结。

小学时的老师，我们觉得都很棒。我印象最深而难以忘怀的有两个。一个是一、二年级时教语文的孙纪文老师，她三十来岁的样子，短发齐肩，发梢自卷，容貌特别漂亮，薄薄的下嘴唇，有一颗淡淡的小痣，一口洁净如磁石般的牙很吸引人。她娴雅文静，极富大家闺秀知识女性的范儿。美丽而又慈祥温柔，她上课没有谁会不听，更别说出现捣乱的事。凭感觉，我们都认为这个老师是个外来户，后来听说她先生在北京工作，大家心中更增添几分敬意。可是不久，却传闻老师的先生去世了，孙老师依旧上课，看得出她沉闷了许多。于是，我们好些同学放学后去她寝室的窗边偷窥，看到老师在默默抽泣，用手绢抹眼泪。不大懂事的我们犹如泄了气的皮球，谁也不吱声自行散开了。再后来大约半年的光景，孙老师调走了，我知道是那个厚嘴唇的校长凭权力与野蛮加害了她，使她蒙羞。为此，我们在怀念孙老师的同时，憎恨那可恶的校长。

从四年级到小学毕业，教我们语文兼班主任的是孔令常老师，他原是县教育局副局长，后成了我们的班头。课自然上得好，但更出彩的，是他带领我们搞勤工俭学，敢想敢干，在校内产生很大的影响。我们每天必做的事是养猪。班上喂有一头黑毛猪。每四个同学为一组，轮流承担一天的喂养任务——包括打猪草、剁猪草、煮猪食，到喂饱入圈，一日两顿。因为没有粮食饲料，那猪老不见长，喂了三年，也才二百来斤。但是，大家通过劳作，养成了劳动习惯，还能辨识各种农作物和不少野生畜料，集体观念也日益增强。最让全校惊骇的是，我们班还能烧石灰出售。当然，让小学生干这种事，除了老师敢于策划拍板，还得有一群得力的学生骨干。班长朱发祥年纪明显较大，家住南门城郊"三棵树"，祖辈务农，对各种农活早就有所锻炼。读到高小时，估计他有十六七岁了，显得很老成持重，有他领头，就有了成功的可能性。他带着几个强壮的大男生炸山开石头，上山砍伐青杠树，储备引火材，选址挖窑等；烧窑煤炭，是星期天孔老师带着全班同学去十多里远的煤洞上背来的。诸事俱备，利用一个星期日，全班上阵，班长和几个骨干砌窑，其他同学传运石料、木柴、煤炭，一部分人和泥巴。窑子平地而起，先挖出一个十字形的浅沟，用于通风供氧，底部铺一层易燃干木柴，木柴上铺一层煤炭，煤炭上铺石头。以后是一层煤炭一层石头往上堆，圆弧形，下大上小，定型后，像一个硕大无比的馒头，最后一道工序是糊上一层厚厚的稀泥，使其密封。从一大早开始，轰轰烈烈地干到下午三四点钟，宣告完成，当朱班长点火烧燃木柴，从地沟冒出浓浓白烟时，全班师生兴高采烈地鼓掌、欢呼，庆祝胜利。

后来学校召开表彰勤工俭学先进大会，我们班从集体到个人，都是获奖大户，尤其是烧石灰的举措，在校内是独一无二，校外也未曾有闻。

需要强调的是，勤工俭学的所有活动都是在课余时间进行的，而且，当时是每周六天工作（含读书）制，休息只是星期日一天。

回忆起来，小学时光，我们是在轻轻松松学、快快乐乐玩、高高兴兴劳动中度过的。宣告小学生活的结束，是我收到了录取织金一中的通知书时，而我们与孔老师的师生情，一直保持到他辞世时为其送终。

一中漫语

当学生能进一所自己满意的学校，是一种幸福。我很幸运，从小学到大学，每个阶段都遇上一些德才兼备的好老师。但或因校园欠佳，或因风气欠正，留下遗憾，让我真正满意的，当是中学六年（1960—1966）就读的织金一中。

还在我读小学的时候，对一中就有着神秘的向往。直接的原因，一是看见走在街上的学生，见到校长、老师都肃立敬礼，那种庄重味有着巨大的吸引力，使我暗下决心要成为有资格向师长行礼的一员；二是听说读一中的都是学习成绩优秀的尖子，我也要当尖子。间接的原因是，一中作为县里的最高学府，在里面学习究竟是什么滋味，像谜一样诱人想去破解。当时的一中，掩映在城西北一片松林覆盖的山丘怀抱中，出了城，站在北门桥头，越过一片田垄便可望见。由于师道尊严是世道人心，老校长治校的"苛严"又里外闻名，出于敬畏，校外人无事不敢轻易进出其间，里面仿佛成了田园牧歌萦绕的一片"圣地"。试想，这等读书求学的地方，谁不想去品味尝试一番？

当自己如愿以偿考上一中之后，对一中的神秘感渐渐褪去，转化为身为一中人的骄傲与自豪。小学时的顽劣和天真烂漫，逐渐被严肃紧张所替代。这里最讲究准时和守规矩。准，学生要准时到校，准时进教室；教师要准时上下课。在我的记忆中，老师从来不会迟到，也不会拖堂。学生呢，早自习钟声一停，走读生就被值周老师拦截在校门口，之后由校长亲自训导处置。我没被拦截过，不知如何训导法，只晓得过不久都让各归教室。然后是全校的安静，能听到的只是动听的鸟鸣声和并不嘈杂的早读声。正式上课后，荡漾于校园的教师上课声，抑扬而错综，富有韵律。

张老伯敲钟都按标准的北京时间，准确地敲在节点上，号令全校统一地动与静。在校园里，总见他走出走进，时钟不离手。回忆一中，许多往事散如云烟，散不了的却总是张老伯那道风景线。

张老伯的钟声之所以能号令全校师生，是因为钟声是校长治校的一个指挥棒。谈及一中，老校长是一个绕不开的话题。他姓刘，名贻祯。只身一人从毕节来织金工作，人到中年尚未成家。人都称其"老"，既言他当校长时间长、资格老，也表大男之意。终年四季都见他穿一身中山装，区别只在或单衣或棉衣，风纪扣一直系得很严实。大热的天气，也见他穿衬衣，但时间不长。他是校规校纪的制定者，又是铁腕执行人。他治校以严著称，无论师生都敬畏有加。守规矩的见他，谨言慎行；不守规矩的见他，噤若寒蝉，胆怯似鼠。校内只要见他身影，秩序井然。大家都惧怕他，但又不怨恨他。社会上谈到他，也啧啧叹服。要求学生不迟到、不缺旷，每天大清早，他就守候在校门口，终年值勤；秋冬季节，夜色未退、清雾迷蒙，也一如既往。查到缺旷的，必有处置之法，使当事人记忆深刻，同样的错误不敢轻易再犯。一中人都知道，"直中绳、圆中规、方中矩"是老校长所要求的行事准则。劳动课，在教师宿舍前植树，两个同学拉一长线站着，一排树从挖坑、施肥到培土栽好，拉线的人站几个小时不准乱动。完事后纵向一看，几十棵一排的树如同只是一棵树。集合排队，横队要求线齐，纵队要求站在后面的人只准看到前面人的后脑勺。晚自习，停电的日子点煤油灯，每人自备一盏墨水瓶制成的小灯，一律放于课桌左上方。校长检查时，发现纵横不成线、整体不成阵，属不合格，责令纠正。一中人都知道，老校长几乎每天二十四小时都在巡查。住校生必须每人备有尿壶，供起夜之用。

极少数生活散漫的同学，心存侥幸半夜出门小便，往往都被老校长查获，受到一番别出心裁的批评教育。事后听人说起，让人惊讶老校长总不按常规出牌！

从表象上看，老校长似乎只偏重于整顿纪律与秩序，其实不然，他是着力培育良好的学风，锤炼学生严格求是的心志，净化教学环境。教学方面的事，副校长负责，他只管督察、评断与处置。在我的眼里，老师们都恪尽职守，但不时发现教学上大家不太满意的老师被调走了。五十多年过去，我还保存着当时的成绩单。之所以如此，并非因为成绩好舍不得丢，而是因为它的工整美观不忍舍弃。上面的评语，豌豆粒大的字七八行，整齐漂亮；连登记成绩的阿拉伯数字，也都端庄不苟。那不是班主任的手笔，而是班主任写出底稿，由教务处几位字写得好的老师统一抄写的，全校如此，每个学期如此。教学情况，由此可见一斑。

回忆一中当时的学习生活，板刊"红园"是一个闪光的亮点。"红园"是学生习作的园地。最早的"红园"是指在信笺纸上用钢笔抄写的文学板报，由学生会学习部主办，每学期出一二期。后来改为在教学楼挡山墙头用水泥抹制土漆黑板报，用彩色颜料书写，都是文情并茂。那时中学生在正规报刊发表文章很稀罕，让自己的作品变成铅字有如奢望的理想。于是，能在"红园"发文，也就显得十分的荣耀。一是因为版面所限，每期能发的文稿是筛了又筛，选了又选；二是当时不到高考不分文理，绝大多数学生对语文都感兴趣，"红园"就拥有极广泛的读者，连老师们都相当关注。因经常发文知名度高的同学每个年级有一二人，诸如陈金铨、谌宏昌、刘厚禄、薛启亮、李隆昌、刘兴全、金永福等，都是很有名望的知名人物，后来也都各有成就。我接手"红园"事务，是继刘兴全之后（1964），指导工作的是教数学的周正楷老师。开始我纳闷，为什么不由语文老师指导？后来感觉这种安排再恰当不过，周老师指导工作，一如他的教学风格，慢条斯理，话语不多却表达得清清楚楚。一般情况下他不找我，碰上了就问问筹办进度和遇到的困难，具体工作不多加干涉。我觉得编辑"红园"，肩上担子虽重，却也自主愉快。这种锻炼，对我日后的工作一直产生着良好的影响，只是有点说不清、道不明。

现在的中学生，家庭期望值很高，将来就业的压力也大，书读得很苦。相比之下，我们中学时代的生活算得上幸福。课上认真学习，课外则尽情找乐子。每天下午两节课后是课外活动时间，只要天气好，运动场上各类球赛争强竞技，喧声潮动。两个大运动场相连但有七八米落差，台上足球场两面靠山，周边是学生宿舍和职工宿舍，足球观众多是学生、职工及其家属；台下大操场一面临河，一面靠山，设两个篮球场、一个排球场和一排水泥乒乓球桌，周边是礼堂和食堂，观众多是老师和同学。遇有精彩赛事，赛场往往被围得水泄不通。我什么运动都不在行，但说到排球裁判，除了资深的姚进中老师，就轮到我。如果说我有一定的知名度，这也是原因之一。

最值得大书一笔的是学校的演出活动。入校前我们就听说一中排演过《八一风暴》，惊羡不已。在校期间，又见师生联袂，次第排演过大型话剧《红岩》《年青的一代》，歌剧《刘三姐》和大型音乐舞蹈史诗《东方红》，真是大饱眼福。每剧成功上演，举校高兴，但最兴奋的当数演职人员，那苦乐相兼的排练过程，可让人经久不息地回味。我没有演员天赋，但被选入剧务"效果"组，专司舞台内外的风雪雷电、枪声雨声等。给人印象最深的，是全体演职人员都那么地认真投入、守时守纪与协作团结。以《红岩》一剧为例，教音乐的何南光老师是监场导演，大家都视他代表着校长意志，令行禁止。经过反复排练，演员们日益形神兼肖，李涪丽老师饰演的江姐，王珊珊老师饰演的双枪老太婆，张正玕老师饰演的许云峰，余起圣老师饰演的甫志高……让人难忘，不可更替。至于大型音乐舞蹈史诗《东方红》，在县里公演后，引起轰动，都说此等大剧非一中不能演。

有了这样的环境氛围，后来我们高中的班主任王珊珊老师，组织指挥我们班43人排练演唱《长征组歌》，有板有眼，一惊校园！试想，这样的校园生活，能经历者会多吗？能不让人长记铭心？

我热爱并怀念一中，忘不了那幽美敞亮的环境，那大气雅致的景观格局，那如梦迷人的红园山林，那课余休憩的鱼池花圃，那小石渠飞溅的如雪水花；更忘不了那众多博识敬业的师长与多彩青春的律动。我们今虽年迈，但井水之忆长在，母校之思永驻！

最后，调寄小令《西江月》聊表微衷：后枕丘山苍翠，前瞻垄亩青黄，花香鸟语伴书郎，一校春光荡漾。 弹指韶华飞逝，岂销怀旧肝肠？命途顺畅或沧桑，都靠源泉滋养！

蹉跎岁月

　　1966年5月16日，中央发文称，开展为期一年的"文化大革命"。书读不成了，停课。读完高中进不成大学的我们，先是跟着呐喊蹭热闹，继而感觉前途渺渺内心彷徨，再后来学生气脱尽想找点事做就去打小工，于是成就了自己干过若干工种的履历。起讫四五年时间，结识的工友有增无减，留存于记忆的人也很多，而最难忘的要算蔡祖恩，大家都叫他蔡师。

　　恰逢饥荒的1960年，我们一起考入一中读初一，6个班大约300人。一年后荒情不减，农村同学被动员下放回乡，走了三分之一；蔡祖恩家虽在城郊，但是农业人口，他也弃学从技了。五年之后，当我们徘徊在生活歧路时，他已是颇有名气的木工师傅。念及窗情，他叫王文星和我跟他做木工，我们说拜师，他不肯。修建完县政府招待所，我居然能制作简单家具，邻居们甚感惊诧，我说全得蔡师提携。"文革"中后期邓小平复出，全面整顿，我和王文星先后当了代课教师，与蔡师联系渐少；再后来，我调离织金，更是久违。但提携之恩，始终挂怀。

　　代课前，需经考试，考试后分我去三中。三中是隶属于城关镇的初中，草创逾年，一切都显得很简陋。校长罗正明是个部队转业的工农干部，参加过抗美援朝，说话做事直来直去，保有军人风格。我去报到，时值寒假中期，校长安排，开学后我教初一（三）班语文。在我认真备课的过程中，听到传闻，校长有意让我改去教两个小学一年级。当时年轻，认为这是轻慢代课教师，有辱自尊。开学后，我径直去初一（三）班上完第一节课后，就在办公室当众质问校长是何居心？事后多年，自觉做得不对，但当时就是意气用事，还大义凛然。

意气用事的结果，是暑假在镇党委会上，校长表示新的学期拒绝接纳我。党委副书记是南下工农干部，有气量，坚持让我留在三中。新学期我还是留在三中，只是被换去教一个有"十大金刚"的班，并当班主任。偏偏我与他们很投缘，教了三年，无一人与我不友好。中越自卫反击战时，"大金刚"们几乎都上了前线，还牺牲了好几个，想起来感慨不已。还有一个额外收获是，校长对我也捐弃前嫌，"变本加厉"地硬要把不少人眼红的年终困难补助名额分一个给我。我心想，战争年代走过来的人，肠子就没有弯弯绕。

那个年头，文化革命，书读得不紧，提倡不但学文，还要兼学别样。学工，我带学生在农具厂学过车螺丝钉；学军，我带学生午夜出城搞拉练，效法解放军；勤工俭学，我与学生在河里淘沙，天太热，几个喜欢打闹的男生冷不丁地将我甩到河心去。更多的时间是学农，学校房舍少，耕地却不少，各班都划有学农责任地，我们班学文不敢夸，地里庄稼的长势也特别诱人。玉米从进浆到成熟一段时期，安排男生两人一组值班守夜，准许每天丢失两个苞谷，执行情况皆大欢喜。秋收清场，大家有的带背篓，有的带提篮，分到苞谷、洋芋、瓜豆什么的，走在回家的路上，都掩饰不住内心的小兴奋。

有一年，县里组织文艺调演，歌剧、舞剧、话剧、样板戏以及其他种种，出什么节目各单位自行抉择。经不住同事怂恿，我写了个话剧《展翅之前》（仿《年青的一代》的成分很重），在全校师生之中挑了十几个人出演，年纪较大的权正修、张有芳两位老师都登台了。一时间校内气氛火起来，忙乎好一阵子，到上演时，虽不是如何的出彩，倒也撑起一晚的场面。不知道当时哪来的能量促使我提笔，直觉告诉我，除了有初生牛犊的懵劲，还有新兴学校奋发进取的合力。

老校长退休，新校长曾明政从牛场中学调入。他是师院科班出身，致力于抓教育管理和提高教学水平，说话行事不带政客习气，因此很得人缘。加上处于"第三世界"（当时社会上流传"一中高干，二中一样一半，三中小商小贩"的学生就学顺口溜）的学校教职工团结、齐心，有工作热情，一时间，三中生机勃发，校长的好口碑也传开去。曾校长兼任党支部书记，支部内党员教师比例不高，有党员提议把我纳入发展对象，老曾说："占先放在党外发挥的作用会更大。"对此，我赞赏他的战略眼光。1977年全国恢复高考，我考了全县文科第二名没录取，据说是县里好心留我，没送我的政审材料，老曾很替我惋惜，但看得出他也暗自高兴。记得那年某个省的作文题是《大治之年气象新》，是的，社会气象焕然一新，我的气象却是依旧负重前行。但我信命，不怨谁，也不知该找谁来怨。第二年，我以上全国重点大学的分数考进毕节师专（实名是"贵阳师院毕节大专班"）。老曾劝我别去读，他说我已经具有大专水平。王培元老师半认真半开玩笑地对他说："老曾，只要你能给占先提两级工资，我保证他不去。"那时，我领的是全校最低工资，好多年才普调一级，间或轮到百分之四十调级，单位矛盾多，要是给我提两级工资，我立马会成为众矢之的，况且，老曾哪来的权力？于是老曾笑着回答："当真哈，那你还是去读吧！"

读完师专回来，我教了一届两年制高中，这恐怕是我在三中的最富生气的年头吧。我担任一班语文教师兼班主任，同门师弟周佐信教数学，另一同门师弟郭江担任二班数学教师兼班主任，我们三人班内班际工作配合得默契而快乐。也许是一种潜移默化的影响,这两个班的同学尤其看重师生谊、同窗谊,离校几十年哪怕当了爷爷奶奶仍然初心不改。他们每年都有聚会,互通声气,贺喜吊丧,扶弱助困……很让人嫉羡。我教过的初中班亦复如是。每念于斯,就觉得清风杏坛无悔。

这期间,县里调整各中学领导班子,老曾升任县师范校长,县二中团委书记姚珍林调任三中校长,我被提为三中副教导主任,这大致是1981年的事。

余绪:为了圆大学本科梦,我于1982年考入教育学院成为首届生,1984年毕业,奉调到毕节师专任教。这时老曾已荣升县教育局局长,我的调令一到,他就绿灯大开,立即督办,还硬邀我去他家,吃他亲手做的清汤水煮鱼。

流沧河畔

劫后逢春进校园，光阴已废十余年。
师生一级成挚友，叔侄同窗类驾骈。
桃李盛开含哂笑，燕莺鸣啭带垂怜。
补牢结网攻书海，后果前因但问天。

这是我追忆当年在流沧河畔杨家塘边读大专班时况味难言的自哂诗，明眼人一看，就会品出其中的尴尬与无奈。但有趣的是，我们这一代人不喜欢怨天尤人，总是拼命朝前看，暗自憋劲要把耽误的时间抢回来，悄声无息地"补牢结网攻书海"。当时，国家面临的是全方位的人才断层，于是恢复高考，地州市一级的大专班遍地开花。层积十年的青年学子有了读书的机会，只想积攒知识，既改变国家命运，也改变自己的命运。书，我们是认认真真读的。

毕业时，学校准备按百分之二比例留下一些学生作师资后备人员，我在列，主管教学的吴清融副校长找我谈过话。与此同时，听说找关系寻路子要求留校的，其数不在少。但他们留校只能往行政、后勤部门挤，这有违校方的意愿，最终的决断是全部离校，一个也不留，安顿我的话则是：回到县上工作两年，再调进来。

我调进师专，除了工作两年，又自我补了两年的本科学历，缩小一点当教师的知识短板，时为 1984 年秋。

一

据我的阅历和感受，毕节师专虽处于草创时期，作为大学，未免显得简陋了些，但相对于省内师专来说，综合实力仅次于贵阳、遵义的师专，实属不易。以我看来，之所以如此，是学校自身具有一些成功的内在因素。

先从领导层说起，学校领导层得力，而且一直以来他们都是想干事、能干事的业内翘楚。我在师专十余年，在公开场合见到党委书记的次数屈指可数，每学期就在开大会时见到一面两面。党委书记往往置身幕后，把握发展方向，数起来，他们都是熟知教育的行家里手。我经历过三任党委书记，吴应杰是有地下党履历的教育界元老级人物，做思想工作也听得出其职业素养；郭厚芳长年在地区教育局工作，秘书出身，不事张扬，潜心于党务；糜崇琦是书记校长一肩挑而多以校长身份示人。书记们甘当推手，校长们就放手擘划，校园里崇教敬业之风始终强劲。刘传谷任校长时期，我们是学生，对他只有仰视的份。瓦龙德当校长时，我在县里，听说他半世年纪了自学考取中央党校研究生班，20世纪80年代初是讲究货真价实的年代，这真让人敬佩有加。严大启校长，思想与操守都有独到之处。他有开放型的思维，先于六盘水在1983年前就面向全国招聘教师，亲自考察后引进8人。这些外来教师有多高水平发挥多大作用不好评定，但他们的教学思路和风格，无疑对原有教师产生冲击和影响，给学校注入一股活力。那段时间，下海之风劲吹，一些年轻教师跑出去了，严校长持温和宽容的态度，认为"出去走走看看不无好处，反正走不出960万平方公里的土地，走到哪都是为国家服务"；中途回来了的，邀请来校开座谈会，了解动态，最终走了的少，留下来的多。长期以来，他总是以阳光的心态与人交流和教育学生，没人听到过他当众有一句半句抱怨。作为校长，按规定配有专车，他住校，很少见他坐小车，经常见到的，是他骑着一辆老旧的单车出出进进。他给人的印象，是学者味很浓，官僚气全无。屈义玄校长读大学时学地矿，多年担任校办工厂的技师，他很知道护才惜人。他是从织金一中调到师专的，他当校长时的党委书记郭厚芳是织金人，教务处长章正义以及两三个系的支书、主任也来自织金。于是校园私下流传"织金帮"之说，但这丝毫不影响他"能者上"的用人理念。事实上，"织金人"（不少人是有织金工作经历）重乡谊但从不拉帮结派，校园里织金人"人多势众"的局面是工作业绩的结果，所以，"织金帮"偶有传闻，却抬不上桌面。糜崇琦校长（兼书记）是毕节本地人，有较广的人脉。他深谙搞好上下级关系对推进工作的重要性，很上心公关工作并富有成效，基建项目接连不断，经费调拨逐年增加。他健谈，开大会的次数较之前任们稍多一些，每年前三季度他都反复讲资金紧张，提醒各部门要过紧日子，但到了第四季度，又催大家要赶紧用钱，以免影响下一年度的经费预算。知道这个规律，他叫苦时大家跟着呼应，但私底下偷着乐。

二

上行下效，领导尽职，教师则敬业。建校伊始，师专的教师选拔自地区所辖八县的中学骨干，他们都是从小学一年级就实行升留级制度筛滤、实打实读完高中、参加高考按百分之四录取的老牌大学生，不仅知识底子厚实，人生观也是以为公奉献为主流。他们多数毕业于本省师院，也有不少人毕业于全国重点院校；他们以本地户籍居多，但也有不少来自云南、四川、北京、上海。当年我读书时，就感觉学校的师资队伍，集一时之盛。作为新兴学校，行家带头，教职工就显得朝气蓬勃。这第一拨教师，大多初登专科讲台，备课都极其认真，讲课都注重容量，对我们许多社会型学生来说，也听得出他们多少都带点惶恐成分，这确是一份可贵的师德。敖行维老师讲外国文学，劲喷喷地直叫个精彩，感觉时间过得快；王珊珊老师讲现代文学，记下来的笔记章节紧凑，连贯如书，大家不缺课的原因之一，是怕笔记脱节；严大启老师把现代汉语课讲得分外活跃，那一口标准的普通话，让人听着很享受……严、王这对贤伉俪，是我读高中、师专的两度老师，他们重学识、尚俭朴，重精神、淡物质，教书育人，学生喜亦喜，学生忧必究其因，有师如此，对学生的影响是多方面而且久远的。很多年后，他们退休北去，我曾写过一律，表达这种感受：

> 微生欠幸终归幸，两入门墙喜事师。
> 既长知识增智慧，更方文化秉廉直。
> 世风浮躁苍松劲，物欲横流野鹤痴。
> 圭臬长标焉敢怠，还期能有面聆时。

老教师们可写该写的太多，难以一一叙及，而他们的风范，自然形成传统，无声地鞭策着后来的中青年们，砥砺前行。

吴愿学、孙鲁痕和我是中文系的过渡梯队，在那各家队伍都青黄不接到处挖人的年代，我们这个梯队很不稳定，很快孙鲁痕去了省电大，自是他乡人杰；吴愿学去了行署政策研究室，成为毕节生态扶贫实验区的思想辞典。继后来的张仁明、母进炎，算是相对稳定。

当时学校教师紧缺，但学校对教师的资质要求不低。核心之一是，新进入的教师登讲台前必须听一定数量的课，真正地当好助教，像我这样在中学有十年教龄的也不例外。我调到师专，上了一年的预科，听了一年的课，第三年开始上课也只分得九节课内容。另一核心是，要取得教师资格，如果不是硕士，必须报考重点大学开办的助教班。其时硕士生凤毛麟角，几乎是大家都得考。我这个66届高中毕业生，考助教班时已年届不惑。时不我待而仓促应考，第一年没考取；第二年考前，吴应杰书记对我说，不必认定考名牌大学，学校对我的要求是只要有读助教班的经历就行。可我心有不甘，两天内考七场，同时报考了三所学校。结果，认为录取可能性最大的曲阜师大反而落选，先后接到北师大、福建师大的录取通知，我去了北师大。这一年受益不浅，学了八门研究生课程，内容都是授课教师的研究成果。最大的收获是懂得怎样入门写学术论文，因为我们每门课考核都是交一篇论文，回校后我接连在学报发表四五篇论文即是我作业的修改稿。一次在讲座上启功先生说的话，让我受惠终生，他说，初写论文，选题要小，要小题大做，而且，选的题要尽可能牵引出新题，可延展。我后来针对《诗经》，着眼于用字、词语、语法、民俗、内容、技巧等，写了一系列论文，正是秉承师教的好收成。

　　张仁明的年岁，中年中算小，青年中算大，他选择的是与学校签约，报考就读脱产研究生。母进炎走的路更坚韧顽强，他中师毕业在附中任教，业余到师专旁听，修完专科学业，再考入省教院修本科，继后访学出书。巧的是，我于1997年调到六盘水师专，2003年，我们三人同时评上正高。

　　风尚如此，青年教师也各自筹划未来，有的人考出去读硕士，另谋新职，有的人走与我们同样的路。卢凤鹏读助教班，访学出书获奖，评正高，升任学校领导，现在毕节幼师高专当校长。刘咏秋是个富于传奇色彩的奇才，不评职称不涨工资无所谓，她说最难受的是不能上课。她写诗歌、散文，充满灵性而才情溢洋；她上课也是一把好手，1984年毕业留校的她大不了学生几岁，这让学生们钦慕不已。她和我们三五人是品茗契友，在适当的场合烟酒也开，但她举手投足都显得大气优雅。天定的缘分，她成了新华社记者家属，再通过考试考核，她也成了记者，长期驻外，还"自叹"是满世界奔波的命！

三

学术气氛浓，是学校留得住人的重要因素之一。在改革开放初期那十来年，出书和申报科研课题是罕见的事，学报几乎成了观察学校学术研究水平的窗口。就我所知，专科一级，毕节师专学报的水平省内排名一直位居前三，这与主编所坚守的办刊理念密切相关。主编敖行维老师，无党派人士，大家眼中的清流人物，他的办刊理念是唯水准取舍，走捷径无门。标准一旦确立，学报发文，无论内稿外稿，都让教职工读了服气。有鉴于此，大家都把在学报发文当成奋斗目标之一。那阵子的环境氛围和口碑价值似乎形成了这样的共识：上得好课只算半个老师，能写文章也只算半个老师，二者兼之才算一个合格的老师。置身其中，我切身所感是，每年不能发表一两篇论文，仿佛别人看你的眼光带有寓意，自己觉得芒刺在背。于是，只有努力。

学报不仅把住发文水准，还追求有地方性特色。毕节的彝族文化积淀丰厚，有个彝文翻译组专职研究，学报室与其联手，开座谈会，引进史料，让一批热心于此道的中青年参与挖掘发微；又组织大家参观土司遗址和奢香夫人墓，增加实体感受。由是，学报陆续有彝族文化研究论文刊发，成为地区本土性研究的一个亮点。为保持持续性和留有后劲，学报室下设一个彝族文化研究所，我还当了一任所长，业余干了好几年，也有几篇相关论文问世。

有了地方性特色还不够，学报扩展视野，面向全国，寻找可开拓园地。根据本校人才资源，辟了"逻辑专栏"，加强与国内逻辑研究专家的联系，从交流到撰稿，都得到有力支持。这个栏目的设置与内涵深化，提升了学报的质量，也扩大了在省内外的影响。

学报反映的是学校的学术水平，与其对应的，是反映学校生存面貌的《毕节师专报》。那是对开四版，分设时事新闻、教育教学、校园生活、文艺副刊几个栏目宣传学校动态的小报。学生很喜欢看，更希望能刊登自己的诗文作品。它与学报的关系，是老师们的教学和管理心得，有新意有价值的，通过沟通，经由作者充实修改可能成为学报用稿，老师们乐于为之。我当过一段时间的主编，结识了不少的年轻朋友，有的想起来心生敬意。农师系青年教师刘发忠，得知自己患了血癌之后，并未消沉，原本他只当一个班的班主任，这时向系里要求当全系三个班的班主任。他的工资不高，却乐于资助好几个困难学生。到了病危时，学校送他去贵阳治疗，他提出不用再治了，没必要耗费学校并不宽裕的经费。最后他走了，我约请刘咏秋撰写一个专版的纪实文字，昭示其短暂的人生与可贵的精神。顺便提及一事，正当此时，有一省内高校领导来访，负责接待的本校某领导找我，希望能发长文专访，我没有从命，只给发了新闻报道。我想，长文献给那微光闪烁的年轻生命，值！

龙山絮语

吉祥龙山

一九九七年秋天，我调入六盘水师专，年届知天命。手续办讫，对校园概貌已经了然。与我所知省内同类学校相比，六盘水师专属袖珍型学校。小不足虑，堵心的是，房屋建筑都拥挤在龙山北麓小丘边上，品不出一点布局设计的味道（也难怪二十多年前学校甫建，用的是大三线建设时期六盘水地革委旧址，后插空地也略有增建，风水不错，但显得局促）。最不堪的，是一条通向山丘顶上庄户人家的断头乡村公路，把校园拦腰分割。路上面几米高是教学区，路下面丈余处是运动场，绾结教学区与运动场的，全凭一座三四米宽的水泥天桥。每临此景，心中便会生出莫名其妙的忿慨，竟致冒出几句打油诗：

路是戳心箭，桥如骨鲠喉。
我若白衣使，执刀除此疣。

语虽画饼，也算稍稍出了些许无名气。不过，真正让情绪平复的，是抬眼即见的龙山。它苍翠、沉稳、大气，有雍容的长者之风，能消解庸人自扰的浮躁。凭直觉，我以为学校一如龙山，时下正处于困顿状态，只要保持龙山情怀，一定会有升腾的机遇。果然不几年，学校毕竟要发展，挠心的二疣被剪除，校园总算有了个规整的样子。

我与搭档

我所在的中文系,主任是高守亚,不久我成了他的副手。他虽比我年轻七八岁,我却一直称呼他老高。老高性格内敛,气韵淡泊,讷于多言,但他文思敏捷,写文章来得快,执写作课牛耳。也许是专注于读和写,对读写之外的事就不太在意。我们搭档的时间不长,两年左右,他调去学报当主编,我副职转正。一次课余闲聊,杨笛老师说,大家私底下议论,觉得我俩的名字有点好笑,一个占先,一个守亚。听后让人不觉哑然失笑,对此,我从来并未想到过。所幸老高去学报是才尽其用,是当一把手,不然我就有克星之嫌!

其后七八年时间,与我搭档的是王晓瑜和肖永凤。晓瑜教唐宋文学,是上课的一把好手,肖永凤是早年北大读本科北师大攻硕士的才女。我们有共同的思想基础:教书是本分,搞行政是副业。因此,做系里教学管理工作,大家配合得很默契。老师们也都支持工作,基本上顺风顺水。这得益于系里始终坚持执行量化管理的《教师职责规范》,平时各尽其职,各奋其智,年终考核评优,全由量化分说话,瞄一眼积分排名表便出结果。我们三搭档,可以创造充分条件而不为,记忆中几乎都只是良好。但一个不争的事实是,学校并没有明确要求系行政坐班,我们三人几乎都在自行坐班。下午下班,肖老师家离校远,大多赶校车回家,我和晓瑜十有八九因事未了,常常步行丈量道路。学校没有明确要求每周必须开系务会,我们却立为定制一直不变,偶或听到些外来的带刺嘲讽，亦充耳不闻。一路走下来，感觉并无什么不妥，反而行之有效。王、肖二位都是踏踏实实干事、无意职务升迁之人，我们携手合作，愉快无隙。都说相遇是有缘，能一起兢兢业业地融洽共事多年，更是大缘分，自感幸甚！后来他们先后辞任、不竞聘，我在惋惜之余心生歉疚，个中缘由我也说不清楚。

校领导们

我在系里工作十余年，历事三任校领导。先是王文楷校长和母光宇书记。王校长天生一副笑脸，体富态，眉宇带英气，健谈。接触年浅，有两件事于我印象却很深。一是上午第一节课前，屡见他站在教学楼门口，查看学生出勤情况；二是经常在学报上看到他的撰文。别人怎么看不知道，窃以为这两件事的意义在于引领性。言倡十不及躬行一，若能把持好"度"，那榜样的力量是无穷的。母书记管党务，接触更少，只是在大学生口才对抗赛校队获奖总结会上，听过他的主导性发言，不久他就调职入驻了。

第二任领导是李茂贤校长和陈月枢书记。李校长性耿直，有廉洁的好口碑。开初，我们之间保持着良好的上下级工作关系，后来，处理一件学生打坏宣传橱窗玻璃之事，因意见分歧太大，在他主持的中层干部会上我们发生了严重的争执，事后我被冷淡了相当长一段时间。这本属正常，不可理喻的是，有那么一些人，原与我关系不坏，却刻意回避我。不想李校长并非因公隙挟私愤之人，虽因工作与我怄气，却在主政时期凭工作表现，将我评为市级先进。母书记调走后，书记一职一直空缺，陈月枢书记姗姗来迟。陈书记有文才，从政而不时有诗文见诸报刊杂志。中文系有学生文学社团"高原风"，每年出几期小报，一直苦于申请经费无门，都是办报学生奔跑于市内各中学卖报积资，艰难支撑。陈书记来后，他们第一次申请到五百元钱，喜不自胜。到系调研，陈书记是我接待的第一位校领导，因为同好文学，我们交谈话题甚广。对我的论文《儒家"仁"的核心》，他给予足够的肯定，认为是能"沉得下去"的力作。言及他的最大心愿是努力使学校升为本科，我由衷赞成，表示尽全力支持。他身材高挑而瘦，左偏分头，额高近半秃顶，说话中气欠足。耳闻他有胃部沉疴，问知他的年龄，我说有缘陪他工作到退休，很幸运，他听后不语，神色黯然。过后不多久，忽然传来他在医院病逝的噩耗，我心下一沉；又闻他在弥留之际的"师专不升本，死不瞑目"的遗音，悲从中来，怅然唏嘘。

第三任领导是田应洲校长和先后相继任书记的袁仁庆、李培仁。田校长是中等身材的标准帅哥，有点影视演员周润发的味道。他爱开玩笑，拉近了与人的距离。在非正规场合，他的让细民解颐的玩笑，庶几乎产生活跃气氛的作用。私底下我呼他老田，有些时候，工作意见、建议的交流，就在称兄道弟的闲聊中完成。他最引人注目之处，是始终不脱离教学，每周总挂上几节专业课。他是本校第一个教授，还带出生物系一个教授群体，基于此，我敬重他。有一个假期，我在老家遇到他和左经会老师采集生物标本，亲眼看到他下潭捉什么鲵，不慎溺水，浑身湿透，这足见凡事成功之不易。袁书记来自黔北高校，有外来干部的管理新思路。他长于公关，用力于向省市争取建校发展项目。他做事、说话显得强势而自信。有领导宣传工作的经历，他策划的活动注重张扬气场。有中文的学历背景，无论写与讲，他都斟酌语言的雅致与出彩。他是分工联系我系的校领导，我们接触相对多些。给系里老师印象最深的，是由他主编、出版了系里师生的文学集——《掬水朝阳》。他在这本书的序里写道："在清澈纯净的明湖，面对清晨的朝阳，掬捧经过漫长岁月磨砺和孕育的湖水，透出银般的汪亮，是师生们向生活捧出的思索、体验、心智和营养，它可以折射太阳的光辉，反映时代的斑斓，体现掬水朝阳那朴素而刚健鲜美的剪影和意象。那晶莹的折射着太阳的光珠，像一盏温馨且生机蓬勃的灯,闪着连绵的追求和向往。"袁书记后来调市委当宣传部长,其他事或许渐渐淡去,此事此文,我始终记得。接任的李书记性格相当温和,从没听说他会动气。温和不易动气最能养颜,所以快奔六十的他,看上去年轻十来岁。和他交谈,只要心里对各自身份有数,会谈得轻松,如与朋友叙家常。这一任党政一把手性格趋同,这种搭档的优点,是容易形成清风徐来、水波不兴的局面。我退休后,听说他们的确配合得很默契,这无疑大大有利于学校的稳定发展。

小照随想

搞成人教育，我们有可供自由支配的提成资金。系里有不成文的惯例，每学期开学和放假，都要集体吃顿饭，以示善(膳)始善(膳)终。一次会餐前，王薇老师递给我一张四寸黑白照，让我大为惊喜。那是我在她们班上课的随堂照，据王薇说，是班上叫毛尖的同学偷拍的（王薇是班上品学兼优的尖子生，毕业后留校，我们成了同事）。当年我给他们上先秦文学，讲完屈原《离骚》后还有时间，就直行板书《山鬼》让大家自学，相片就是我正微笑着讲话的瞬间照，随意而自然。我之所以惊喜，是我形体矮而偏瘦，不上相，照过不多的照片，不是生硬就是矫情，总不满意。这张相片正是我想拍却拍不出来的！由此我想到上课和听课。考核和评价一所学校，可以有多种因素，教师绝对是最重要的因素，因为教书育人，在德智体美劳方面，教师几乎可以涵盖其全部。同样，考核和评价一个教师，也可以有多种因素，上课绝对是最重要的因素，因为从上课情况，可以考察教师的学识与品格。学校管理层通常都有相同的认识，也有大体相同的举措，即采取多种形式听课。试讲、随堂、预知、公开等课我都听过，认为其他各类课型都有太多的表演性、偶为性，水分太重；随堂课最真实可靠，是最该下力考察的，而且听随堂课不能偶尔为之，需有重复再三的记录，方见真经，方得正果。学生反馈意见是可信的又一途径，同理，一届学生意见不足为证，而多届学生意见应属不虚。我这观点，费虹老师在教务处时与她聊过，她也赞同，但苦于人力不足，难以实施。我还想到看人也是这样，不看一时一事，而要看全部历史和整个过程。哲人早就说过的话，是经得起历史检验的。

龙山情怀

我退休有年,学校建设可谓发生了翻天覆地的变化。闻之振奋,看之欣喜。学校修建公租房,我带着喜悦心情入住。一日启窗,楼下园中火树繁花触怀,即事咏得一首小令《虞美人·移居城郊临窗见灿然杜鹃》:

> 桃夭梨雪都辞谢,
> 才把东风借。
> 无须绿叶衬葱茏,
> 一任轰轰烈烈晒娇红。
>
> 移居闹外图苍翠,
> 好枕龙山寐。
> 临窗无意见芳姿,
> 自忖灵犀通处有新词。

这便是我内心龙山情怀的写照。